Über den Autor

Kay Schornstheimer, geboren 1982 in Mainz, ist ein bekannter DJ in der Rockszene im Rhein-Main-Gebiet.

Diverse Kurzgeschichten veröffentlichte er auf seinem 2008 erstellten Autorenblog **PULP LETTERS,** der bis 2014 bestand. Sein erster Roman „**DOPE69"** erschien 2011.

Sein zweites Buch, wurde zuerst auf Englisch mit dem Titel "**Who are you?**" 2016 veröffentlicht. Die Veröffentlichung der deutschen Fassung, die den Namen "**Das Handy**" trägt, folgte wenige Monte später.

Kay Schornstheimer

Der neugierige GEORGE und das EBOLA-VIRUS

Short Stories and Other Stuff

Bibliografische Information der Deutschen Nationalbibliothek:

Die Deutsche Nationalbibliothek verzeichnet diese Publikation in der Deutschen Nationalbibliografie; detaillierte bibliografische Daten sind im Internet über http://dnb.d-nb.de abrufbar.

*© 2019 by **Kay Schornstheimer***

1. Auflage 2019

Herstellung & Verlag: BoD™ – Books on Demand, Norderstedt

Lektorat & Korrektorat: WortBrillant

*Illustrationen: **YOROBOROS***

*Illustration: "Death around my Neck" by **Julie Key***

Printed in Germany
ISBN: 978-3-7322-3414-1

MIX
Papier aus verantwortungsvollen Quellen
Paper from responsible sources
FSC® C105338
FSC
www.fsc.org

Die Handlung und alle handelnden Personen, die in diesem Werk aufgeführt werden, sind frei erfunden. Jegliche Ähnlichkeit mit lebenden Personen wäre rein zufällig und nicht beabsichtigt.

Inhalt

Ode an die Gonorrhöe...

Sind die Hiebe und Hingabe an die Triebe Zeichen deiner Liebe?

Vielen fehlt hierbei der Charme, dabei ist es flüssig und warm.

OH MON DIEU!

Gonorrhöe, Gonorrhöe.

Viele finden es widerlich, dabei klebt und brennt es herrlich.

Gonorrhöe, Gonorrhöe, Gonorrhöe....

Das ist George!

George ist schon von Geburt an

krankhaft neugierig.

Zu seinem zwölften Geburtstag bekommt George einen Globus von seiner Mutter geschenkt.

George liebt diesen Globus!

Er beschließt die ganze Welt zu bereisen.

48 Stunden später reißt er kurzerhand von zuhause aus, um die Welt zu entdecken.

Georges erste Reise führt ihn nach Afrika.

In Afrika angekommen, geht er gleich auf große Safari.

Die Affen haben es ihm besonders angetan.

George hat schon lange nichts mehr gegessen und bekommt großen Hunger.

Georges Leibspeise ist Bregen, was er seiner Großmutter zu verdanken hat. Die ihn schon von klein auf damit gefüttert hat.

Wie wohl so ein Affenhirn schmeckt?

Vor Hunger getrieben, zerschmettert er den Schädel des süßen Affen.

George lässt es sich schmecken.

Wenig später geht es George gar nicht gut.

George hat sich mit Ebola infiziert und stirbt.

Das Treffen

Manchmal kann sich dein Leben auf sonderbare Art verändern. Ich glaube nicht, dass es etwas mit Bestimmung zu tun hat. Eher mit Zufall oder Glück. Oder wie bei den meisten: dem Gegenteil von Glück. Auf jeden Fall ist erwiesen, dass sich ein Leben von einem Augenblick auf den anderen grundlegend verändern kann.
Und eins weiß ich jetzt: Auch mich traf es völlig unvorbereitet!

„ICH KANN MIR NICHT VORTSELLEN, MEINE LEBEN MIT DIR ZU VERBRINGEN!", schrie *sie* – deren Namen ich nicht erwähnen möchte - unter Tränen ins Telefon.

Dabei war meine Frage ganz banal: „Was ist los mit dir?"

Kurz zuvor schickte sie mir eine Textnachricht, in der stand, dass wir über das, was Sonntag passierte, nochmal reden müssen, da sie nun endlich wisse, was sie eigentlich will.

Ihr fragt euch nun mit Sicherheit was sonntags war.

Sie hatte am Sonntag völlig unerwartet einen riesigen Streit angefangen, in dem sie die Beziehung beenden wollte. Nach einer nahezu endlosen Diskussion, hatten wir uns versöhnt und uns darauf geeinigt, es nochmal miteinander zu versuchen und diverse Dinge in Zukunft anders zu machen. Es war mittlerweile der dritte Streit dieser Form, der regelmäßig einmal im Jahr stattfand. Daher nahm ich diesen zuerst nicht für ernst und dachte nur: *sind wir also mal wieder an diesem Punkt.* Ihre berühmten fünf Minuten, in denen sie durchdreht und alles hinschmeißen will, obwohl nie was Schlimmes vorgefallen war. Der einzige Unterschied zwischen diesem Streit und den anderen bestand darin, dass wir diesmal einen richtig guten Plan hatten. Zum ersten Mal in der ganzen Zeit hatten wir uns einen nahezu perfekten Plan zurecht gelegt, wie wir in Zukunft weiter machen wollten. Ich vertraute darauf und fühlte mich regelrecht sicher und bestätigt darin, dass wir füreinander bestimmt sind und die Zukunft uns beiden gehört.

Bekanntlich kann man sich täuschen!

Nachdem sie mir diesen Satz, den ich niemals in meinem Leben vergessen werde, ins Telefon brüllte, war ich sprachlos. Ich legte kurz danach auf und setzte mich, wie erstarrt, hin und bewegte mich kein Stück. Ich stand regelrecht unter Schock. Ich weiß noch, dass ich einen Pizzaburger im Ofen hatte, der allerdings verkohlte.

Ich habe seit diesem Tag diese Scheißdinger Jahre lang nicht mehr angefasst, weil allein der Anblick in der Tiefkühltruhe jedes Supermarktes mich an diesen Moment erinnerte.

Als ich mich wieder fing, wurde mir bewusst, dass es das Ende von uns war.

Ende!

Das will mein Kopf gar nicht realisieren, er akzeptiert dieses Wort nicht.

Ich will noch ein letztes Mal mit ihr reden, es gab noch einen letzten Funken Hoffnung in mir. Aber zugleich auch das Verlangen, es endgültig zu beenden und Abschied zu nehmen.

Ich verfasse eine Textnachricht an sie. Ich willigte in das Gespräch ein, dass sie verlangte und versprach in einer Stunde bei ihr zu sein. Ich lasse mir Zeit mit der Fahrt und gehe tausende Szenarien im Kopf durch. Ich suche nach einen Weg, um alles wieder in Ordnung

bringen zu können, einen Ausweg, irgendetwas. Ich dachte sogar daran einen Unfall zu bauen, um so Mitleid bei ihr zu erregen, damit sie mich nicht verlässt.

Wie erbärmlich! Ich dachte auch daran einfach nicht aufzutauchen und Tage später einfach so zu tun, als ob nichts gewesen wäre. Vielleicht kam sie ja in der Zwischenzeit wieder runter.

Doch irgendwann stand ich vor ihrer Tür, mit ihrem Schlüssel in der Hand. Ich will nicht aufschließen, insgeheim wusste ich schon lange, dass unsere Beziehung Geschichte war und dass wir das Unvermeidliche nur in die Länge zogen. Besser gesagt: ich zog es in die Länge, ich war einfach noch nicht bereit sie gehen zu lassen, obwohl es für uns beide das Beste wäre. Mir wurde klar, dass es für immer vorbei sein wird, kurz nachdem ich ihre Wohnung betreten werde.

Ich liebe sie!

Aber wann ist es besser, etwas zu beenden? Eine Frage, auf die vermutlich niemand pauschal antworten kann. Wie soll ich es dann wissen? Hier.

Vor ihrer Tür. In den Trümmern unserer Beziehung.

Ich stand eine Viertelstunde vor ihrer Tür und wusste nicht, was ich tun soll. Doch dann überwand ich mich, sie einfach gehen zu lassen.

Ihre ewigen Zweifel an unserer Beziehung, ihre offensichtliche Zerrissenheit, was mich betrifft – ich bin es leid.

Entweder sie steht zu mir, oder eben nicht. Es ist offenbar nicht der Fall. Wieso also um etwas kämpfen, was man bereits verloren hat? Ich schmeiße den Schlüssel in ihren Briefkasten und gehe wie betäubt zurück zu meinem Auto.

Es war ein Fehler – überkommt es mich.

Nein, es war das einzig Richtige – die Vernunft hat Recht.Im Auto bleibe ich sitzen, rauche eine Zigarette und starre vor mich hin. Ich mache unseren gemeinsamen Song an: *Pumped up Kids* von *Foster the People*. Wir hatten dieses Lied damals per Zufall entdeckt, über ein halbes Jahr bevor es hier in Europa raus kam und sich zu einem kleinen Hit mauserte. Wir hörten es gerne in Dauerschleife und das tue ich nun auch.

Bei der fünften oder sechsten Wiederholung schreibe ich ihr eine letzte Textnachricht.

»Der Schlüssel liegt im Briefkasten. Verzeih mir, aber ich kann es einfach nicht ertragen, wie ein Lamm zu Schlachtbank geführt zu werden, wo ich meinen

Gnadenstoß verabreicht bekomme. Daher sage ich dir auf diesem Weg Lebewohl. Ich weiß, dass dies ziemlich feige von mir ist und ich die Eier haben sollte meinen Mann zu stehen. Aber wozu noch? Ich habe nichts mehr zu verlieren! Glückwunsch! Endlich hast du, was du wolltest. Ich liebe dich trotzdem von ganzem Herzen und vermisse dich jetzt schon.«

Ihre Antwort darauf war: »Ok.«

Ok?

Es war für sie *ok*?

Und dann war es vorbei, knapp fünf Jahre Beziehung im Arsch! Mit der bisher einzigen Frau in meinem Leben, von der ich mir vorstellen konnte, sie zu heiraten und eine Familie zu gründen. Einfach vorbei, eine Liebe, in der man sich aufopferte, um alles richtig zu machen, doch dabei jede Menge Fehler beging, die wohl zu diesem Ende führten. Sie ist weg, die einzige Frau, die jemals »Ich liebe dich« zu mir sagte. Und was war ihr letztes Wort an mich? Ein verficktes *Ok!*

Ich war am Boden zerstört. Ein Frack. Nur noch ein Schatten meiner selbst, und ich sah in nichts mehr einen Sinn. Die zwei Songs *Love Dump* von *Static-X* und *Bitch* von *Dope*, waren ab sofort meine ständigen Begleiter.

Um mit meinem bitteren Schmerz zurecht zu kommen, gar auszublenden, verfalle ich in die stereotypischen Verhaltensmuster verlassener und gekränkter Männer:

Party machen bis zum Morgengrauen! Seine neu gewonnene Freiheit bis zum Exzess zelebrieren und sich vorgaukeln, dass es so eigentlich ganz geil ist. Rauchen und Saufen bis zum Abwinken. Rumvögeln und sich dabei einreden, dass es dadurch besser wird. Man verliert einfach komplett die Kontrolle über sein Leben. Und du fragst dich immer wieder wer du bist, wo du bist und was der ganze Scheiß eigentlich soll.

Du beginnst mit deinen Freunden den Scheiß vom Verlassenwerden durchzukauen und hoffst, dass sie dir das sagen was alles wieder gut macht: Einen Masterplan, den besten Rat der Welt, die Erleuchtung, damit man seine Ex zurück gewinnt und das Leben endlich wieder schön wird. Doch sie wenden sich irgendwann nur noch genervt von dir hab. Und wenn dir Freunde nicht mehr zuhören, dann werden einfach wildfremde Menschen mit deinem Scheiß zugetextet, als ob man auf Amphetaminen wäre.

Der Selbsthass und die Wut auf alles und jeden anderen beginnt. Das Eingeständnis von eigenen Fehlern. Der Verleumdung. Der Selbstbetrug. Doch das alles hilft eines Tages nicht mehr und du musst dich mit der bitteren Realität auseinandersetzen und einen Weg finden damit zu leben. Zwar stirbt die Hoffnung zuletzt. Aber sie stirbt!

„Die Zeit heilt alle Wunden", wie immer so schön gesagt wird. Bullshit! Die Zeit heilt einen Scheißdreck. Das Einzige, was man mit der Zeit lernt, ist, den Schmerz so tief in sich zu vergraben, dass man nicht mehr ständig daran denken muss. Vollends zu ignorieren. Doch komplett verschwinden wird er nie!

Es begann ein langwieriger Prozess und er fühlte sich an, als würde ich ihn nie völlig abschließen können.

Es sind mittlerweile weitere fünf Jahre vergangen und ich denke nur noch selten an sie – deren Name ich nach wie vor nicht erwähnen möchte – ach Scheiß drauf, wieso eigentlich nicht: Sie hieß CHANTAL! Ich behaupte jetzt einfach mal, dass ich über sie hinweg bin und mir die Trennung nichts mehr, oder fast nichts mehr, ausmacht. Ich komme mit meinem Leben ohne sie ganz gut zurecht und bin beinahe so was wie glücklich, oder sagen wir mal zufrieden.

Ja. Ich bin zufrieden mit der Entscheidung, die ich damals vor ihrer Haustür traf. Zufrieden mit meinem Leben, wie es sich entwickelte.

Und es ist erstaunlich, wie man vom einen Moment in den anderen wieder in die Vergangenheit gezogen werden kann. Schuld daran ist eine einfache und simple SMS, die wie aus dem nichts auf meinem Smartphone zum Vorschein kam:

»Hey DU! Na, wie geht es dir? Lange nichts mehr voneinander gehört. Meld dich doch mal bitte!!! Ganz lieben Gruß.«

Ich wusste zunächst nicht, wer mir da schreibt. Ich konnte mit der Nummer nichts anfangen und leider war auch kein Name ersichtlich, weder in der Textnachricht noch in der Absenderzeile. Da ich neugierig bin, wer sich hinter dieser Nachricht verbirgt, antworte ich.

»Ähm ... Hallo! Vielen Dank für die Nachfrage, soweit geht es mir ganz gut. Sei mir bitte nicht böse, aber wer bist du? Sorry, deine Nummer sagt mir leider gar nichts.«

Ihre Antwort ließ nicht lange auf sich warten. Und als sie mir offenbarte, wer sie war, fiel mir erstmal die Kinnlade runter. Denn sie war es, meine EX! Ich dachte zuerst an einen schlechten Scherz, als ob ich mich im falschen Film befand, dementsprechend fiel meine Textnachricht darauf relativ knapp aus.

»Ach (was)!«

Wir schreiben etwas Smalltalk hin und her, bis sie mich fragte, ob wir uns nicht mal treffen könnten. Was mich in diesem Moment wirklich überforderte.

Was soll das?

Was wollte die von mir?

Die wollte doch bestimmt irgendwas was von mir, niemand – schon gar nicht die fünf Jahre verschollene Ex - meldete sich einfach so ohne Grund nach etlichen Jahren bei einem ohne was zu wollen.

»Ich überlege es mir. Ich melde mich.« Mit dieser Antwort von mir musste sie sich zufrieden geben. Ich war so voller Skepsis, derart vor den Kopf gestoßen über das gerade Geschehene, dass ich darüber gründlich nachdenken wollte.

Nachdenken darüber, ob ich wirklich meine Ex wieder sehen wollte. Die Frau, die vor Jahren mein Leben zerstörte.

Es waren harte Jahre, aber ich schaffte es. Ich rappelte mich auf, fand zurück ins Leben.

Und dann das?

Ich weiß noch, wie elend ich mich fühlte, nachdem Schluss war. Das will ich nicht nochmal durchmachen müssen, wenn ich sie womöglich sah, mit ihr sprach. Und wer weiß, was erneut hochkommen würde ...

Ich ließ mir volle zwei Tage dafür Zeit, bevor ich in das Treffen einwilligte. In diesen zwei Tagen gingen mir viele Sachen durch den Kopf. Ich ließ alles was zwischen ihr und mir in der Vergangenheit geschah wieder Revue passieren. Die guten sowie die schlechten Zeiten unserer Beziehung bis hin zum damaligen bitteren Ende.

Als ich mich zu dem vereinbarten Treffen auf den Weg machte, fühlte ich mich wie in der Zeit zurückgesetzt. Ich kam mir vor, als ob ich ein weiteres Mal zu unserem damaligen letzten Abend fuhr. Nur diesmal werfe ich ihr keinen Schlüssel in den Briefkasten, diesmal kann ich ihr nicht ausweichen, dieses Mal muss ich mich ihr stellen. Nur heute wohl aus einem anderen Grund, der mir noch nicht bekannt war. Dies beruhigte mich etwas und ich war sogar richtig gespannt darauf, was sie von mir wollte. Ja, ich gebe zu, es keimte ein kleiner Schimmer namens Hoffnung wieder in mir auf: das damals so ersehnte Comeback von uns beiden. Doch auch zugleich die Frage, ob ich das überhaupt noch wollte ...

Als ich an dem verabredeten Ort ankomme, ein kleines Italienisches Restaurant, in dem wir früher öfters Essen waren, überkam mich wieder diese Scheu, wie damals vor ihrer Wohnung, dort rein zu gehen. Ich schüttelte diese Zweifel mit den Gedanken »Mach es einfach. Du bist über sie hinweg!« ab.

Durch die Tür, an der Theke vorbei hielt ich Ausschau nach ihr. Ich war ziemlich nervös – wieso eigentlich? Ich ließ meinen Blick durch den Raum schweifen, bis ich sie fand. Und gehe dann zu ihrem Tisch. Sie hatte sich bereits zu Trinken bestellt. Sie trug ein schwarzes Kleid und eine

Kette, beides hatte ich ihr mal geschenkt. Wieso trug sie es ausgerechnet heute? So, als würden ihr diese Dinge noch etwas bedeuten. Als würde *ich* ihr .... Nein!

Stop!

Du hast alles unter Kontrolle. Davon lässt du dich nicht ablenken, oder manipulieren. Es ist dir nicht mal aufgefallen, verstanden! - maßregele ich mich selbst.

Als sie mich bemerkte, fing sie an zu lächeln.

Dort angekommen bleibe ich kurz vor dem Tisch stehen, ich bekomme kein Wort raus nur so eine Art Stöhnen, das sich wie ein *Ähm* anhörte und fuchtelte kurz mit meinen Armen wild vor mir herum, sie stand auf und umarmte mich. Ich versuchte die Umarmung zu erwidern, doch ich blieb stocksteif stehen. Wir setzen uns.

Ein kurzes »Na«, kam mir über die Lippen und wir sahen uns einen Moment lang intensiv an ohne ein Wort dabei zu sprechen.

Die Kellnerin durchbrach unser Schweigen und fragte mich, ob sie was für mich bringen könne. »Nichts für mich, danke, ich bleibe nicht lange.« Meine Antwort überrascht nicht nur die Kellnerin. Sie fragt nach, ob ich mir denn sicher wäre. Ich nicke.

Dann mischte sich CHANTAL ein. »Bringen sie ihm doch ein Wasser, bitte.« Dann sieht sie mich an: »Ist das in Ordnung für dich?«

Ich nicke erneut, mein Gesicht hat sich mittlerweile in einen Stein verwandelt. Ich verziehe keine Miene und mein Blick war starr. Ich wollte alles und jeden um mich herum zum Erfrieren bringen, so kalt fühlte ich mich auf einmal. Der ganze Schmerz der letzten Jahre war auf einmal wieder da, ich wurde zu einem verbitterten Etwas. Eine dicke Mauer begann sich aufzurichten, als ich auf dem Weg hierher war, nun ist sie fertig errichtet und lässt keine Gefühle mehr durch. Hass stieg in mir hoch.

Die Kellnerin zieht verwundert über meine Reaktion, die Außenstehende offensichtlich nicht deuteten, ab.

Es herrschte wieder Stille und wir sahen uns in die Augen. Dieses direkte Augenduell hielt sie nicht lange aus. Sie wandte ihren Blick von mir ab, den sie dann auf ihr Getränk richtete. Dann begann sie einmal mehr das Schweigen zu brechen: »Sag, wie geht es dir?«

»Spitze.«

Sie lächelte etwas verschmitzt und schien nervös zu werden. Nach einer kurzen Pause legte ich nach.

»Und selbst?«

»Oh, mir geht es wunderbar, danke der Nachfrage. Und ich freue mich wirklich sehr dich wiederzusehen.«

»Das ist schön,« während ich das sage, nicke ich ganz leicht und schenke ihr ein kleines Lächeln.

»Erzähl doch mal, was hast du alles so in den letzten Jahren getrieben, wir haben uns ja so lange nicht mehr gesehen. Du hast doch bestimmt viel erlebt.«

»Stimmt, das habe ich.«

»Erzähl!", forderte sie neugierig.

»Viel.« Mir gefielen meine kurzen und knappen Antworten. Ich gebe zu, sie amüsierten mich etwas. Ich habe schließlich nie behauptet, dass ich kein Arschloch sein kann, wenn ich möchte. Und in diesem Augenblick möchte ich es einfach unbedingt. Ich will ihr zeigen, dass sie mir am Arsch vorbei geht, diesen Treffen eine gutmütige Gefälligkeit ist und sie sich bloß keine Hoffnungen machen soll.

»Nur viel?«, fragte sie und sah mich mit großen, erwartungsvollen Augen an.

»Ganz viel.«

Ihr Blick auf diese Antwort kann man nicht mit Worten beschreiben. Ich schmiss mich innerlich weg vor Lachen. Ich wusste selbst nicht, wieso, aber die Lage gefiel mir. Ihr weniger – zu meiner Belustigung.

»Na, hör mal, können wir jetzt auch mal richtig miteinander reden? Ich meine ...«

Ich unterbrach sie mit einer Gegenfrage und kam direkt zum Punkt: »Was willst du von mir?«

»Was ich von dir will?«

Ihre Reaktion verärgerte mich. »Du hast mich doch nicht ohne Grund herbestellt. Also Mädel, rück mit der Sprache raus, was liegt an?«

Sie fängt an zu stottern.

»Ich, ich, ich...«

Ich unterbreche sie erneut und äffe sie nach: »Ich, ich, ich ... Was soll der Bullshit? MUND BEWEGT LIPPEN! Muss ich dich erst daran erinnern? Mach's Maul auf, verdammt!« Ich gebe zu, dass ich etwas laut wurde, mich eventuell auch im Ton vergriff und die Aufmerksamkeit der gesamten Gäste samt Personal auf mich zog.

Sie wiederum fauchte mich an: »Jetzt komm mal wieder runter!«

In diesem Moment kam die Kellnerin an unserem Tisch, sie stellte mein Glas Wasser ab und fragte, ob alles in Ordnung ist. Wir geben ihr kurz zu verstehen, dass alles super ist, wir nur eine hitzige Diskussion führten, die etwas ausartete. Sie gab sich widerwillig damit zufrieden. Gerade als sie wieder gehen wollte, hakte sie aber nach – an meine Ex: »Ist wirklich alles in Ordnung?« Ich gebe ihr auf eine zuckersüße freundliche Art zu verstehen, dass sie sich endlich verpissen soll. Und versprach ihr dabei, auch nicht mehr laut zu werden. Ich strahlte sie richtig an mit meinem breitesten Grinsen und bösesten Blick. Sie verließ still und zügig unseren Tisch.

Ich entschuldige mich bei meiner Ex für mein Verhalten - bestimmt zum millionsten Mal, seitdem wir uns kannten, aber auch definitiv zum letzten Mal in meinem Leben!

Ich sprach ganz ruhig und gelassen weiter: »Also, wieso bin ich hier?«

»Weil ich dich wieder sehen wollte«, sagte sie einfühlsam, beugt sich zu mir vor und legte ihre rechte Hand auf meine linke.

Ich sah ihre Hand an, die auf meiner lag. Wie früher. Die Rechtshänderin in ihr.

»Weil?«, möchte ich von ihr wissen und sehe sie stirnrunzelnd an, schaffte es tatsächlich mich von den aufkeimenden Gefühlen loszureißen.

»Weil … Weil ich sehr oft an dich in letzter Zeit denken musste.«

»Ähm, und weiter?«

»Nichts weiter eigentlich. Du fehlst mir irgendwie, was ich selbst nicht so richtig verstehen kann.«

»Ich fehle dir?«, frage ich erstaunt und meine Stimme wurde hoch.

»Ja, ich vermisse dich.«

»Willst du mich verarschen?« Ich zog meine Hand unter ihrer weg.

»Nein, ich mein das wirklich ernst.«

»Also das verwirrt mich jetzt. Sagtest du nicht damals, dass du es dir nicht mehr vorstellen kannst dein Leben mit mir zu verbringen? Worte, die sich übrigens für immer in mein Gedächtnis eingebrannt haben. Danke nochmal dafür!«

Sie vergräbt ihr Gesicht in ihren Händen, ich kann sie tief ein- und ausatmen hören. Dann kommt ihr Gesicht wieder zum Vorschein. Sie fährt fort.

»Das weiß ich und es tut mir wirklich sehr leid. Ich wollte nie, dass es dir schlecht geht. Aber ich hielt es damals einfach für die einzig richtige Entscheidung. Ich konnte nun einmal nicht mehr und musste weg von dir.«

»Und jetzt willst du wieder zurück zu mir, oder wie darf ich das verstehen?«

»Ja«, sagte sie kaum hörbar. Kurz und knapp.

Und genau das warf mich vermutlich für einen Augenblick aus der Bahn.

Ohne Zweifel.

Kein Nachdenken.

Sie schien sich sicher.

»Und woher kommt dieser Sinneswandel auf einmal?« Es fiel mir immer schwerer meine kühle Fassade aufrecht zu erhalten.

»Weißt du, ich hatte einfach eine schlimme Zeit in den letzten Jahren. Hatte Probleme bei der Arbeit, mit meinen Eltern und bin immer wieder auf die falschen Typen reingefallen. Und dann habe ich Resümee gezogen«, hier unterbreche ich sie.

»Du hast Resümee gezogen?« Meine Skepsis springt sie regelrecht an.

»Darf ich bitte ausreden?«, fragte sie genervt.

Ich nicke nur.

»Jedenfalls habe ich Resümee gezogen und irgendwie warst du von all den Kerlen, besonders denen nach dir, noch der beste. Oder der Vielversprechendste.«

Ich war *noch* der beste von all ihren Kerlen?

Der Vielversprechendste?

Also im Klartext: sie dachte jemand Besseren zu finden, schlug fehl und kommt nun zu mir zurück.

Und wie lange? Bis sie meint den nächsten gefunden zu haben, der der einzig Wahre war?

Aber was, wenn sie eigentlich meinte, dass sie nach all ihren Erfahrungen mit den Kerlen zu dem Entschluss kam, dass wir beide doch einfach zusammengehörten?

Drückte sie sich nur unglücklich aus? Verstand ich etwas falsch? Interpretiere ich zu viel in ihre Aussage hinein?

Mein innerer Vulkan war kurz vor dem Ausbrechen. Zu viel neue Eindrücke.

Ich musste plötzlich daran denken, wie ich ein paar Jahre nach unserer Trennung einen ihrer neuen Lover per Zufall kennen gelernt hatte. Ein gemeinsamer Bekannter hatte uns damals, wieso auch immer, miteinander bekannt gemacht. So wurden wir uns als ihr Exfreund und ihr aktueller Freund vorgestellt. Nice.

Und unangenehm noch dazu. Aber hey - was soll's!

Es war damals in irgendeiner Kneipe beim Dart spielen. Ein richtiges Arschloch, der irgendwann zu mir sagte: »Ich hoffe, du bist mir nicht sauer, dass ich jetzt was mit deiner Ex habe«

Worauf ich antworte: »Nein, das ist schon so lange her, ich bin mittlerweile drüber hinweg. Ich wünsche euch viel Glück.«

Er bedankte sich bei mir und grinste dreckig mit knallrotem Gesicht. Ich packte ihn in einem Anfall von Wut über seine Reaktion an der Schulter und fügte noch hinzu: »Und immer schön jedes Mal dran denken, wenn du sie küsst: Sie hatte schon unzählige Male meinen Schwanz im Mund und hat immer brav alles geschluckt.« Diesmal grinse ich mit aller Zufriedenheit und zwinkere ihm zu. Er hat kurz danach mit ihr Schluss gemacht, wie ich hörte.

Schwanz im Mund und hat immer brav alles geschluckt.« Diesmal grinse ich mit aller Zufriedenheit und zwinkere ihm zu. Er hat kurz danach mit ihr Schluss gemacht, wie ich hörte.

Heute, gegenüber meiner Exfreundin sitzend, muss ich vor mich hin lächeln, als ich daran dachte und wirkte wohl gedankenverloren. Bis sie mich wieder zurück holt: »Hallo! Bist du noch da?«

»Ja, klar … Die Erkenntnis kommt aber reichlich spät.«

Hoffentlich denkt sie nicht, dass ich wegen ihrer Einsicht vor Glück lächelte. Sie soll bloß nicht denken, dass sie bei mir eine Chance hat.

»Das weiß ich selbst. Ich musste einfach immer wieder an dich denken. Und daran, wie du das jedes Mal weggesteckt hast, wenn ich eine meiner Launen hatte und dir das Gefühl gab, nicht willkommen zu sein. Obwohl diese Launen durchweg von mir gerechtfertigt waren, so wie du damals des Öfteren warst. Du hast drüber gestanden und versucht, es trotzdem wieder ins Lot zu bringen. Klar, hast du jede Menge falsch gemacht, eine ganze Menge sogar, aber heute weiß ich, dass dies niemals böse Absicht von dir war.«

Boah!

Ernsthaft?

Ich konnte nicht glauben, was ich von ihr zu hören bekam. Im Klartext: alles war meine Schuld. Mein Verhalten damals löste ihre Gestörtheit aus, ihre Zweifel, ihre fünf Minuten, whatever. Ich bin für die Trennung verantwortlich und soll mich glücklich schätzen, dass sie sich hierher erbarmte.

Mal wieder der Beweis, dass Frauen nie vergessen. Komischerweise aber überwiegend nur die Fehltritte. Die guten Dinge, die man mal für sie gemacht hat, werden vergessen, nicht mehr erwähnt Doch die Fehltritte bekommst du bis in alle Ewigkeit vorgehalten.

Ich war echt kurz davor aufzustehen, fick dich zu sagen und dann einfach zu gehen. Aber etwas hielt mich dennoch. Wieso? Keine Ahnung!

Aber es sollte die richtige Entscheidung gewesen sein, wie sich noch herausstellt.

»Ich habe also jede Menge Fehler gemacht.«

Sie schnitt mir das Wort ab. »Ja, was aber heute – hier und jetzt - auch nicht schlimm ist. Jeder macht schließlich Fehler. Wir haben beide vieles falsch gemacht und sind zusammen dafür verantwortlich. Und ich glaube fest daran, dass wir es bei unserem neuen Versuch besser machen werden. Ich glaube sogar ganz fest daran!«

Ich war kurz davor mich zu übergeben!

Dennoch fragte ich mich, ob da nicht etwas Wahres dran war. Gedanklich ging ich meine Fehltritte durch.

»Da verlangst du wirklich 'ne Menge von mir. Ist dir das eigentlich klar? Ich mein, wenn du wüsstest, was ich alles gemacht habe, um über dich hinwegzukommen. Einiges könnte ich noch nicht mal laut aussprechen, du hast ja keine Ahnung. Weißt du eigentlich, wie sehr du mich damals verletzt hast?« Ich hatte es tatsächlich geschafft dabei so auszusehen, als ob ich gleich in Tränen ausbreche. Das Ironische daran ist, dass ich damals tatsächlich viel um sie geweint habe. Ich habe sie ehrlich geliebt. Ich überlege, wie viel von diesen Gefühlen in diesem Moment noch vorhanden waren und mit diesem Wiedersehen in mir hochkamen.

Sie tat verständnisvoll: »Mir ist bewusst, dass du eine schlimme Zeit durchgemacht hast. Mir ging es nicht anders. Eine Trennung ist nie leicht

Und es tut mir wirklich sehr leid.« Sie streichelte dabei meine Hand.

»Ich habe ehrlich gesagt noch Jahre nach unserer Trennung von diesem Moment geträumt. Dass du, genau wie jetzt, vor mir sitzt und mich zurück möchtest. Andererseits habe ich nach unserer Trennung so viele Dinge erlebt, gemacht und erreicht, die mit dir an meiner Seite niemals möglich gewesen wären. Nicht alle waren toll, und auf einige hätte ich gerne verzichtet. Aber ich möchte das alles auch nicht missen, na ja, fast alles jedenfalls.« Jedes dieser Worte ist die volle Wahrheit, sozusagen mein eigenes Resümee. Und nachdem ich das alles Mal losgeworden bin, schwanden auf einmal meine anfänglichen Hassgefühle ihr gegenüber. Vielleicht habe ich ja tatsächlich solch eine Aussprache gebraucht.

»Du musst doch einsehen, dass es damals einfach nicht mehr so zwischen uns funktioniert hat, wie es einmal war.«

Hier muss ich ihr leider Recht geben.

»Du solltest mir also dankbar sein, dass ich es damals beendet habe bevor es eskaliert wäre.«

Die Frau schaffte es wirklich mich vom einen auf den anderen Augenblick auf hundertachtzig zu bringen. Wo ich mich gerade abgeregt habe, kommt sie mit diesem dummen Spruch.

»Oh ja, ich bin dir ja so was von dankbar, dass du mich in eine Singlewelt voller Bekloppter geschleudert hast. Ist dir noch nicht aufgefallen, dass so gut wie alle Singles über Dreißig einen ganz gewaltig an der Klatsche haben? Die sind ständig auf der Suche nach was Besseren und werden es niemals finden. Die sind ja nicht ohne Grund in dem Alter noch alleine. Und das auch noch in dieser heutigen Zeit. Versuche dich mal heutzutage mit einer Frau zum Essen zu verabreden. Das ist furchtbar! Ich mach drei Kreuze, wenn sie keine Vegetarierin, Veganerin, Gluten- oder Laktoseintolerante ist.«

Sie knallte wütend ihre Faust auf den Tisch und fauchte mich an: »Komm mir nicht mit dem Essen, da warst *du* immer ein Sonderfall«

»Ach ja?«

»Ja. *Das esse ich nicht und das mag ich nicht und das schmeckt mir nicht.* Und an diesem einen Morgen, als ich dich fragte, ob du zum Frühstück lieber ein braunes oder weißes Ei gekocht haben magst. Da bist du bloß aufgestanden, hast geschrien *ich hasse weiße Eier – Black Power* und bist einfach gegangen. Ich meine: was ist das denn bitte für eine Reaktion auf eine völlig normale Frage?«

Damit hat sie mir kurz die Sprache verschlagen und ich muss mir eingestehen, dass sie es wohl nicht immer leicht hatte mit mir. Obwohl ihre damalige Frage echt bekloppt war!

Es herrschte ein längeres Schweigen, was sie dann schließlich beendete mit der für mich überraschenden Frage: »Hast du eigentlich den Kaktus noch?«

Der berühmte Kaktus. Den hab ich ja schon ganz vergessen. Am Anfang unserer Beziehung, damals zu ihrem Geburtstag, hatte ich ihr neben einer Flasche pinken Vodka - sie liebt die Farbe Pink - auch einen Bonsai-Baum geschenkt. Der nebenbei arschteuer war! Aber sie war es mir wert.

Ich weiß noch, dass sogar ihr Vater sie damals ermahnte, dass sie jetzt eine ganz besondere und vor allem teure Pflanze besaß, worum sie sich gut kümmern muss. Keine Ahnung was sie tat, doch sie hat ihn zugrunde gerichtet. Ich konnte richtig miterleben, wie das arme kleine Ding immer schwächer wurde und schließlich nach etwas über einem Jahr starb.

Ich war voll angepisst und schwor, falls ich ihr jemals nochmal eine Pflanze schenken sollte, dann eine die unkaputtbar ist. Ich dachte zuerst an Plastikblumen, entschloss mich aber letztendlich für einen echt schönen Kaktus, den ich ihr ein halbes Jahr vor unserem Ende schenkte. Ich überreichte ihn ihr damals in meiner Wohnung, sie freute sich wahnsinnig darüber und verstand auch den kleinen Seitenhieb von mir im Bezug auf den Bonsai, was sie lustig fand. Komischerweise hatte es der kleine Kaktus niemals in ihre Wohnung geschafft, irgendwie hatte sie ihn immer wieder vergessen, wenn sie mal bei mir war, was recht selten war. Meistens waren wir bei ihr. Zu meiner Schande muss ich leider gestehen, dass ich selbst es ebenfalls jedes Mal vergaß ihn ihr mitzubringen. Jedenfalls, nachdem sie Schluss gemacht hatte, war sie fort und der Kaktus noch da. Am Anfang störte er mich noch nicht.

Irgendwann später erklärte ich ihn zum Mahnmal. Und noch etwas später schmiss ich ihn, in einem Wutanfall, in die Papiertonne. Richtig! Papiertonne und nicht Biotonne. Ich gebe zu, dass ich da etwas überreagiert hatte.

Ihr erzählte ich nun allerdings eine andere Story. »Nee, den habe ich nicht mehr. Du weißt ja, ich habe es nicht so mit Pflanzen. Deswegen hab ich ihn an eine öffentliche Einrichtung verschenkt, mit Garten und so. Da hat er es besser als bei mir.« Eine Lüge, aber ich konnte ihr einfach nicht die Wahrheit sagen. Mir tut es ja mittlerweile selbst leid was ich mit diesem kleinen unschuldigen Ding angestellt habe. Der arme Kaktus in der Müllpresse. Ich verfluchte Mistsau!

Wieder beiderseitiges Schweigen.

»Ich weiß, dass es damals sehr hart für dich gewesen sein muss. Aber was hätte ich denn machen sollen? Einfach weiter machen und so tun, als ob alles in Ordnung wäre und dabei innerlich kaputt gehen und dich mit ins Verderben ziehen?«

Ich glaube in diesem Moment war sie wohl so ehrlich zu mir wie nie zuvor.

»Nein, natürlich nicht«, antwortete ich und das meinte ich auch so. Sie musste es beenden, und ehrlich gesagt hätte ich das damals auch so gewollt – nur vermutlich nicht die Stärke dazu gehabt. Bevor sie komplett daran Schaden nehmen würde. Immerhin hatte ich diese Frau geliebt, und wollte tatsächlich nur das Beste für sie.

»Vielleicht musste diese Trennung einfach sein, damit wir sie gestärkt und mit neuen Erfahrungen heute wieder beleben können«, philosophierte sie vor sich hin.

Ich muss daran denken, wie wir uns damals kennen gelernt hatten, wie sie mich damals in einem Club ansprach. Teilweise ist mir sogar noch bewusst, worüber wir an diesem Abend redeten. Ich hab sogar noch den Zettel mit ihrer Handynummer, den sie mir an jenem Abend zusteckte. Gewisse Dinge schmeißt man nun einmal niemals weg! Zum größten Teil weiß ich auch noch, worum es bei unserem ersten Telefonat ging.

Und unser erstes Date. Wie ich mich auf dem Weg zur ihrer Wohnung verfahren hatte, weil ich diese kaum sichtbare Ausfahrt verpasste. Als ich dann endlich das Hinterhaus fand, in dem sie wohnte und wie begeistert ich von der Tapete im Hausflur war.

Die war echt krass!

Und wie sie mir dann die Tür geöffnet hatte. Sie war wunderschön!

Sie hatte eine dunkelblaue Jeans an und ein schwarzes Oberteil mit einem beeindruckenden Ausschnitt. Sie bat mich rein und das erste, was mir in ihrer Wohnung auffiel, oder mich besser gesagt regelrecht erschlug, war ihr mächtiges Schuhregal. Ich hielt es damals immer für ein Klischee, doch hier hatte ich die Bestätigung, dass es tatsächlich stimmte. Wir verweilten nur kurz in ihrer Wohnung und machten uns dann auf den Weg zu dem Restaurant, das ich damals aussuchte, weil es dort einfach die besten Argentinischen Rindersteaks der Stadt gab. Ich weiß noch, wie ich damals jemanden aus Versehen den Parkplatz vor der Nase wegschnappte, was sie sehr witzig fand. Der Abend dort war mehr als angenehm und uns verschlug es danach in eine kleine Whiskey Bar.

Vielleicht klingt es nach Klischee: aber bereits an diesem Abend verspürte ich das Gefühl, dass hieraus mehr wird. Dass wir beide – sie und ich – zu mehr bestimmt waren.

Wir redeten die ganze Nacht, bis wir morgens um vier von dem Barkeeper vor die Tür gesetzt wurden. Und nachdem ich sie nachhause fuhr, küssten wir uns zum ersten Mal. Es war ein sehr langer erster Kuss, der sich ständig wiederholte, wir konnten nicht genug voneinander bekommen. Und nein! Wir hatten damals bei unserem ersten Date keinen Sex. Was aber auch keineswegs schlimm oder schade war. Denn dieser Abend war einer dieser seltenen Momente im Leben, die magisch sind. Wo die Zeit still zu stehen scheint, und einem bewusst wurde, dass gerade etwas ganz Besonderes geschah, was man nie mehr im Leben vergessen und einen Ehrenplatz erhalten würde. Einer der schönsten Momente in *meinem* Leben. Doch am Ende ist auch dies nur eine schöne Erinnerung, und nicht mehr …

Oder war dieses Treffen, hier und heute, der Beweis dafür, dass ich damals Recht hatte: dass wir zu mehr bestimmt waren?

Wie heißt es doch so schön: *„Wenn du etwas liebst, lass es gehen. Wenn es zu dir zurück kommt, gehört es zu dir!"*

Sie kam zurück. Gehörte sie nun auch zu mir? Etwas, wovon ich nach der Trennung träumte. Doch ich will sie nicht mehr. Ich liebe sie nicht mehr.

Als ich sie mir so ansehe, wird mir klar, dass sie nahezu gänzlich an Reiz verloren hatte.

Schockiert muss ich feststellen, dass dieser womöglich auch nie wirklich vorhanden war, dass es nur eine Illusion war – das sagte ich mir nun zumindest.

Was bleibt, ist pure Resignation.

Und die Gewissheit, dass Gefühle immer vergehen und sie ob einer sicheren Chancenlosigkeit sinnlos, unnütz, auszumerzen sind.

Ich wünschte mir für mich nunmehr noch das absolut Stoische und Lakonische.

Raus mit dem Herz, raus mit dem Geschlecht!

Auf immer!

Sie griff erneut meine Hand, drückte sie fest und fragte mich: »Na, was sagst du?«

Ich hätte ihr jetzt einfach sagen sollen, dass es mir leid tue und dass ich keine weitere Zukunft für uns sehe. Unsere Zeit aber immer in Ehren halte und alles erdenklich Gute für ihre Zukunft wünsche. Doch wie gesagt, ich habe niemals behauptet, dass ich kein Arschloch bin. Und konnte mir das folgende einfach nicht verkneifen:

»Und du willst mich wirklich zurück?«

»Ja«, hauchte sie, glaubte, mich in ihren Griffen zu haben.

»Und es ist egal, was ich alles in der Zwischenzeit gemacht habe?«

»Ja.«

»Na gut. Aber du kennst mich. Ich war immer grundehrlich zu dir und deswegen möchte ich dir nicht verschweigen, was ich alles so in der Zeit unserer Trennung getrieben habe. Ok?«

»Ok. Schieß los, wird schon nicht so schlimm sein.«

Und dann schoss ich los wie ein halbautomatisches Maschinengewähr!

»Ich habe locker mit über siebzig Frauen geschlafen, die Dunkelziffer liegt wohl um einiges höher, da ich mich irgendwann bei Nummer vierundsechzig oder fünfundsechzig verzählt hatte. Alkohol und Sex – keine gute Kombi, wenn man mitzählen will.

Geschätzt fünfundsiebzig Prozent davon waren Nutten. Ich hatte Dreier und auch Vierer, nicht nur mit Frauen, sondern auch als gemischtes Doppel. Sprich mit mindestens einem Kerl, aber wir hatten die Finger voneinander gelassen und waren nur auf die Frauen fixiert. Noch nicht mal bei dem Gangbang, bei dem ich übrigens auch mitgemacht hatte. Über dreißig Typen und acht Frauen. Und soll ich dir was sagen: es war einfach geil!« Ich lachte laut und fuhr dann fort. »Gut einen kurzen Körperkontakt mit einem anderen Mann gab es da kurz. Einer ist mir auf den Fuß getreten, während eine dralle Blondine mit echt geilen Titten auf mir saß und mich so richtig schön durchgeritten hat. Dem kannst du definitiv nicht das Wasser reichen! Ist eigentlich eine ganz witzige Geschichte. Aber egal. Jedenfalls hab ich mir in der ganzen Zeit eine Entzündung direkt auf der Eichel zugezogen, das war echt eklig. Eine Gürtelrose, die wirklich hartnäckig war. Zwei Tripper, jeweils durch ungeschützten Oralverkehr. Diverse Zerrungen in der Leistengegend. Und ähm … was HIV betrifft, kann ich dir im Moment noch keine sichere Antwort geben. Der Test läuft noch! Ach ja und eventuell hab ich mal 'ne Katze gefickt. Weiß nicht mehr, war ziemlich betrunken und auf LSD.

»Na, wie schaut es aus, willst du mich noch?«

Sie war sprachlos, sah mich mit großen Augen an, öffnete den Mund. Sie konnte einfach nicht fassen, was ich gerade von mir gab. Ein Bild für die Götter!

Ich ließ ihre Hand los. Erhob mich wortlos von meinem Platz und zwinkerte ihr mit einem verschmitzten Lächeln noch ein letztes Mal zu. Ich gehe mit der Gewissheit, dass ich nach all den Jahren gewonnen hatte.

Rache ist nun einmal ein Gericht, das am besten kalt serviert wird.

(Altes klingonisches Sprichwort)

I DON´T KNOW

I DON´T CARE

FUCK YOU

GO AWAY!

... and never come back

Das helle Mädchen

Das Monster sieht es an,
So heimlich es nur kann;.
Es will erkannt werden,
es will gebannt werden.
Das helle Mädchen sitzt
auf einem Stuhl und strahlt.
Erleuchtet wie geblitzt –
rein' Antlitz wie gemalt.
Das Helle ist sein Licht
das Schatten treibt,
und doch erleuchtet ist.
Nur das Monströse nicht,
das immer bleibt.
Und alles Helle frisst.

Die letzte Ehre

Habt ihr euch schon mal gefragt, wann ihr an der Reihe seid?

Oder seid ihr eher diejenigen, die versuchen nie darüber nachzudenken, weil es euch ja *noch* nicht betrifft?
Bei mir ist es mal wieder so weit. Es vergeht mittlerweile kein Jahr mehr, in dem ich nicht auf einer Beerdigung erscheinen muss. Und das gerade mal mit Mitte dreißig. Ich sehe es als ein Zeichen des Altwerdens an. Eine Tatsache ist, umso älter du wirst, desto mehr wird der Tod ein ständiger Begleiter von dir. Dabei muss es sich noch nicht mal nur um Angehörige oder Freunde und Bekannte handeln.

Die Helden deiner Kindheit und Jugend, egal, ob es Schauspieler, Musiker oder wer auch immer ist. Du wächst mit ihnen genauso auf, wie mit deiner Familie und auch sie gehören zu deinem Leben, obwohl du sie wahrscheinlich nie persönlich kennengelernt hast. Und doch werden sie, wie du, älter und immer älter bis zu ihrem Tod. Was mich betrifft, fand im Bezug darauf in den letzten Jahren ein richtiges Massensterben statt. Aber auch die Liste der näheren Angehörigen und Freunde ist nicht gerade klein, obwohl ich noch relativ jung bin. Da wären meine Eltern, so gut wie alle meiner Onkel und Tanten, entfernte Verwandte, beste Freunde, normale Freunde, irgendwelche Bekannte, Nachbarn, ehemalige Arbeitskollegen oder Vorgesetzte, Haustiere, der Verkäufer vom Kiosk um die Ecke. Alle tot! Wenn man sich das so überlegt kommen schon so einige Leichen zusammen.

Nicht an jeder dieser Beisetzungen wird man teilnehmen, mal filtert sie vorher aus, welchen man seine letzte Ehre erweisen möchte und welchen nicht. Zugleich fragt man sich, wer wohl der nächste auf der Liste sein wird, und wann man selbst unweigerlich an der Reihe sein wird.

Wie schon erwähnt: der enge persönliche Kreis stirbt im Moment wie Fliegen um mich herum weg, was mich zu einem Dauergast auf Beerdigungen macht. Es kommt mir so vor, als ob ich regelrecht vom Tod verfolgt werde, so ein wenig wie in *Final Destination!* Und immer häufiger kommen mir die Fragen zu meinem eigenen Tod in den Sinn. Ein unangenehmer Gedanke, den wir gerne alle verdrängen, doch blöderweise gehört der Tod genauso zum Leben, wie das Leben selbst. Und wenn man es aus dem Blickwinkel eines Toten betrachtet: Er wird nie wieder traurig sein. Und nie mehr müde, nie mehr hungrig, er kommt nie mehr zu spät zur Arbeit. Wird sich nie wieder um irgendeinen Scheiß Gedanken machen müssen, oder Schmerzen haben. Seine Zeit kam - und er ging. Eigentlich etwas Positives, wenn nicht die positiven Dinge im Leben genauso verschwinden würden.

Meiner Meinung nach sollten wir uns schon vorher darüber Gedanken machen, nicht erst knapp davor, sondern solange wir noch eine Chance dazu haben bevor es dafür zu spät ist, und andere sich damit herum quälen müssen.

Daher interessiert mich weniger dass Wieso und Weshalb ich eines Tages sterben werde, sondern das, was man der Nachwelt hinterlässt. Und wie der Tag des eigenen Todes und die nächsten Tage oder sogar Wochen bis zur Bestattung ablaufen werden.

Nehmen wir mal als Beispiel diese Bestattung, auf der ich mich gerade befinde und zu der ich beinahe zu spät gekommen wäre. Ich kam einfach aus dem Bett nicht raus, keine Ahnung wieso. Ich bin mit einem ziemlichen Filmriss aufgewacht. Ich muss gestern Abend wohl ziemlich gesoffen haben. Zum Glück lag mein Anzug schon gebügelt bereit und Kopfschmerzen oder ähnliche Katererscheinungen sind mir erspart geblieben. So dass ich zwar fast zu spät, aber relativ fit zur dieser Beerdigung erscheinen konnte. Aber ich muss mir eingestehen, dass der Filmriss so tief ist, dass ich im Moment kein Plan habe, wer hier heute eigentlich beigesetzt wird.

Ihr denkt euch jetzt bestimmt, was für ein super Kumpel ich bin, was?

Ich glaube ein guter Freund von mir, allerdings sind mir die Menschen hier komplett fremd. Ich hoffe, dass ich zumindest auf der richtigen Beerdigung gelandet bin und nicht den Friedhof, oder den Tag verwechselt habe. Vielleicht war mein Anzug auch für was anderes bestimmt?

Scheiße – hab ich einen Riss im Schädel!
Ist ja auch egal! Zurück zum eigentlichen Thema.

Dies hier ist jedenfalls eine christliche Beisetzung, man trifft sich üblicherweise vor der Friedhofskapelle, wo man bereits dort die Gelegenheit hat, um den Angehörigen sein Beileid auszusprechen. Obwohl man dies eigentlich erst nach der Bestattung tut, ergreifen schon einige jetzt diese Möglichkeit. Danach folgt der Eintrag in das Kondolenzbuch und der Weg zum aufgebahrten Sarg, wo man einen kurzen Moment inne hält. Falls man eine Blumenschale oder einen Kranz mitgebracht hat, wird dieser davor als letzter Gruß abgelegt. Ich habe heute nichts dabei, daher bleibe ich einige Zeit einfach davor stehen und schaue mir zuerst die ganzen Blumen, Kränze und einen Bilderrahmen ohne Bild, in dem eigentlich das auserwählte Bild des Verstorbenen eingerahmt sein sollte, an. Ich schaue mir nochmal alle Besucher genau an. Es sind wirklich viele erschienen, und nach wie vor kommt mir niemand bekannt vor. Der Sarg ist geschlossen, wie es hier in Deutschland üblich ist. Ich glaube, nur in manchen Ländern ist es Brauch, dass er offen bleibt, damit jeder der Trauergäste noch einen letzten Blick auf den Verstorbenen werfen kann. Jedenfalls habe ich das hier in Deutschland noch nie erlebt.

Der Sarg sieht recht teuer aus, in einem schwarzen glänzenden Klavierlack gehalten und die seitlichen Griffe aus poliertem Messing. Er gefällt mir und es gefällt mir auch, dass die Hinterbliebenen sich für eine Sargbestattung entschieden haben. Mittlerweile finden diese leider kaum noch statt, weil es ja total hip und modern ist sich in einer Urne bestatten zu lassen. Sich verbrennen zu lassen, um wirklich endgültig tot und ausgelöscht zu sein und kein Futter für die Würmer zu werden und auch noch der Umwelt etwas Gutes zu tun. Mittlerweile gibt es sogar biologisch abbaubare Urnen die sich nach ein oder zwei Jahrzehnten zersetzen.

Da kann man sich auch gleich die Urne sparen und das bisschen Asche, die von einem übrig ist, einfach so in das Grab schleudern.

Ich konnte dem Ganzen noch nie etwas abgewinnen und möchte ganz klassisch in einem Sarg beigesetzt werden. Meinen Körper der Erde, dem Kreislauf der Natur, zurückgeben. Allerdings bin ich ziemlich eitel und ich werde bestimmt auf eine Leichenkonservierung bestehen, damit ich noch lange eine hübsche Leiche abgebe. Auch wenn es keiner sehen wird, wenn ich unter der Erde liege. Ich glaube, ich würde mich sogar ausstopfen lassen, wenn es legal wäre.

Aber es gibt da eine Option, die mich zur einer Kremierung doch noch überzeugen könnte: Ich habe vor einigen Jahren einen Artikel über eine Firma in England gelesen, die aus der Asche eines Verstorbenen eine Schallplatte pressen, auf der man sogar Musik schneiden kann.

Ist es krank, dass ich mir bereits Gedanken über meine eigene Bestattung mache?

Ich finde nicht.

Jedenfalls mich als Musik-Junkie und nebenberuflich leidenschaftlicher DJ hat mich diese Vorstellung total umgehauen. Meine Überreste als Schallplatte gepresst mit meiner eigenen von mir ausgesuchten Tracklist und eventuell einer kleinen Sprachnachricht von mir drauf. Ihr müsst zugegeben, das ist schon ziemlich geil! Nur das Problem, dass eine Scheibe in meinem Fall nicht reichen wird, konnte ich noch nicht lösen. Ich habe so viele Lieblingssongs, dass es schon eine Doppel-LP oder noch besser eine dreifach Scheibe werden müsste. Aber gibt das meine Asche her?

Ich sehe prüfend an meiner Statur hinunter. Außerdem würde ich verlangen, dass die Platten komplett auf meiner Trauerfeier gespielt werden. Das würde eine lange Trauerfeier geben, auf der ich Raucherpausen erlauben müsste. Mich würde es im Sarg wohl kaum noch stören. Und vielleicht ein paar Snacks und Getränke anbieten, damit die Trauergäste bei Stange gehalten werden.

Die Frage, ob sie bei meiner Trauerfeier überhaupt Appetit haben, stelle ich mir mal noch nicht. Obwohl Salzstangen gehen immer!
In der Regel werden bis zu drei Songs auf Trauerfeiern gespielt, plus das Gesungene vom Pfarrer. In meinem Fall viel zu wenig.

Dann die weitere Frage: wo würde ich als Schallplatte verwahrt werden. Ganz Unromantisch in einem Urnengrab, in einer Vitrine, aufgehangen an einer Wand oder einfach zu einer anderen Plattensammlung gestellt, mit der ich eines Tages auf einem Dachboden oder in einem Keller lande und verstaube? Dann ist da noch die Frage der Covergestaltung und des Booklets!

Und sollte vielleicht noch ein Hidden-Track mit drauf? Das Ganze könnte vielleicht doch etwas kompliziert werden.

Nichtsdestotrotz sollten bei meiner Sarg-Bestattung folgende drei, sagen wir besser vier Songs laufen:

- *Pet Sematary* von den *Ramones* (wäre geil, wenn alle Trauergäste einstimmig mitsingen würden),

- *Dig up Her Bones* von *The Misfits* (der Refrain sollte unbedingt von jedem richtig laut mitgesungen werden, ein kleines Solo der Trauergäste wäre denkbar),

- *Buried Alive* von den *Happy Campers* (ein kleiner Sitzbank-Pogo wäre hier doch bestimmt drin, Leute?)- und zum Schluss, wenn der Sarg aus der Trauerhalle getragen wird, sollte *Lust for Life* von *Iggy Pop* laufen, aber der *Prodigy Remix,* davon. Vielleicht mit einer kleinen Lightshow. Und eine Nebelmaschine wird sich bestimmt auch finden lassen.

Ein unvergessliches Ereignis für jeden Teilnehmer.
Auf meinem Grabstein sollte, neben dem üblichen Zeug, noch dieser Satz draufstehen: *DAMN IT'S DARK DOWN UNDER THE EARTH*

Gedanklich zurück in der beengten Kapelle suche ich mir einen Platz etwas weiter hinten und habe regelrecht Glück noch einen zu bekommen. Ein Massenanlauf findet hier statt. Viele werden von draußen, vor der Kapelle, an der Trauerfeier teilnehmen müssen. In weiser Voraussicht wurden dort Boxen aufgestellt. Genau mein Ding. Das wünsche ich mir zur meiner Beerdigung auch. Eine letzte große Show bevor es für immer heißen wird:

„Elvis hat das Gebäude verlassen."

Wer wohl alles zu meiner Beerdigung kommen wird?

Ich weiß, ich schweife schon wieder ab. Ist es eigentlich respektlos gegenüber meinem Kumpel, dass ich nicht wirklich an ihn gedenke, sondern hauptsächlich daran, wie meine eigene Beerdigung verlaufen wird?

Zurück zu meiner Frage: Gut, meine Eltern können nicht, die sind schon tot, also sind die entschuldigt. Meine Geschwister? Ich denke schon. Andere Verwandte? Ein paar vielleicht, aber nicht alle - wieso auch, wir haben kaum Kontakt, geschweige denn Interesse aneinander. Meine besten Freunde? Bestimmt! Wenn sie bis dahin selbst noch leben.

Vielleicht die ein oder andere Ex-Freundin aus tatsächlicher Trauer oder nur um sicher zu gehen, dass ich tatsächlich tot bin. Wer weiß.

Ich versuche auch, wie es die anderen Anwesenden hier tun, einen bedrückten Gesichtsausdruck aufzulegen, Trauer nach außen hin zu zeigen. Was mir gerade sehr schwer fällt, da ich eigentlich bester Laune bin. Und nach wie vor keinen Schimmer habe wer der Tote eigentlich ist. Und mich deshalb tatsächlich kurz dabei ertappe ein schlechtes Gewissen zu haben.

Die Orgel ertönt, aus einem Hinterraum der Kapelle tritt der Pfarrer hervor. Auf seinem Weg zum Rednerpult kommt er am Sarg vorbei, hält kurz Andacht davor, verneigt sich und segnet ihn. Es ist ein alter Mann mit kaum noch Haaren auf dem Kopf und dicker Brille auf der Nase. Er wirkt sehr sympathisch. Und dann beginnt er mit einer Mischung aus Gottesdienst und Trauerrede. Die Informationen über den Verstorbenen hat er sich zuvor bei den Hinterbliebenen geholt, wie es meist üblich ist. Daraus formt er nun den dreißigminütigen Vortrag, den er doch meiner Meinung nach recht modern für sein Alter hält. Er nimmt sehr viel Bezug auf die Pop-Kultur, auf Filme (sehr gute sogar) und Top-Songs, die er mit in seine Rede eingebaut hat. Ein weiterer Punkt, der mir sehr gefällt und was ich mir auch für meine Beisetzung wünsche, er schafft es sogar den ein oder anderen Lacher oder sagen wir mal Schmunzler aus den Trauergästen herauszukitzeln. Fantastisch!

In den meisten Fällen ist es üblich, dass Grabreden gehalten werden und eine direkt bei der Trauerfeier – wie hier in der Kapelle. Meist ist es eine Person, oder mehrere aus dem näheren Umkreis, die die Grabrede hält. Beeindruckenderweise sind es hier gleich mehrere.

Nach dem letzten Gebet bittet der Pfarrer die Sargträger nach vorne, die nun den Verstorbenen zu seinem letzten Weg ins Grab tragen. Der Pfarrer mit seiner Bibel voran, hinter ihm der Sarg mit der Familie und der Rest der Trauergemeinde bildet das Schlusslicht.
Es ist ein kurzer Weg zur Grabstätte, wo der Sarg direkt in das Grab herabgelassen wird. Es sieht sehr heiß aus heute, die Sonne brennt gnadenlos auf uns herab mittlerweile und ich würde mich am liebsten sofort meines Anzugs entledigen. Was aber leider nicht geht. Ich lockere daher etwas den Knoten der Krawatte, um so etwas mehr Luft zu bekommen.

Während den letzten Worten des Pfarrers, ordnet sich die Trauergemeinde zu einer Art Schlange. Ein weiteres Ritual bei Beerdigungen ist es zum Schluss vor das Grab zu treten, um sich so von dem Toten endgültig zu verabschieden. Üblicherweise wird mit einer kleinen Schaufel oder der Hand etwas Erde in das Grab geworfen. Möglich sind aber auch einzelne Rosen oder Blütenblätter. Und genau da ist der Punkt, den ich am wenigsten mag. Wie viele Schaufeln Erde schippt man eigentlich in das Grab? Eine Frage, die mich jedes Mal beschäftigt. Gibt es dafür eine vorgeschriebene Regel? Enge Verwandte drei Schaufeln, Freunde und Bekannte zwei Schaufeln? Und alle anderen nur eine Schaufel? Das verwirrt mich jedes Mal. Und kurz bevor ich an der Reihe bin zu Schaufeln, verfalle ich immer in eine leichte Panik. Als könnte man dabei etwas falsch machen. Man will sich ja vor den anderen Trauergästen nicht blamieren.

Ich weiß, das ist nicht das größte Problem auf Erden, aber eben meins jetzt gerade.

Und sobald der Letzte Abschied vom Toten genommen hat, war es das auch schon. Die Trauergemeinde verlässt nach und nach den Friedhof und man trifft sich zum Leichenschmaus, bei dem es Kaffee und Kuchen gibt.

Und das ist alles was von einem Menschen übrig bleibt. Was ich persönlich sehr traurig finde und das Leben an sich bedeutungslos macht. Ich meine, möchten wir nicht alle nach dem Tod etwas von Bedeutung zurücklassen? Meiner Meinung nach ist das Beste, worauf wir hoffen können, das, wir nie in Vergessenheit geraten. Und dass wir auf unserem Sterbebett behaupten können unser Leben gelebt zu haben. Kann ich das von mir behaupten? Jetzt und hier in diesem Augenblick.

Was Fick- und Sauforgien angeht, bin ich jedenfalls ganz vorne mit dabei. Aber ist das alles im
Leben, der Sinn unseres Daseins?

Noch während der Rede des Pfarrers stellt sich
eine große Gestalt ganz dicht neben mich. Ich bli-
cke kurz zu ihr, doch die Sonne blendet mich so
stark, dass ich das Gesicht nicht erkennen kann.
Ich schätze mal, dass es ein Mann ist, locker um
die zwei Meter, und niemand, der mir in irgendeiner Form bekannt ist.

Ich empfinde es als unangenehm, dass er so
dicht neben mir steht, als ob er gleich anfangen
möchte zu kuscheln. Also mache ich einen kleinen
Schritt zur Seite, um mir so mehr Freiraum zu ver-
schaffen. Doch er folgt mir. Also mach ich einen
weiteren Schritt, dem er aber auch abrupt folgt.
Deshalb mach ich einen weiteren, bei dem ich einen anderen Trauergast anrempele und dieser
mich empört anstarrt. Ich entschuldige mich leise.
Mein Verfolger ist immer noch auf Kuschelkurs
und so langsam wird mir das zu dumm. Also
knurre ich ihn leise an: »Hey Mann, rück mir mal
etwas von der Pelle.«

Was ihn überhaupt nicht zu beeindrucken
scheint, denn er schmiegt sich noch enger an mich.

Ich gebe ihm einen Stoß mit der Schulter und flüstere wütend: »Was soll der Scheiß? Wir sind hier auf einer Beerdigung, verdammt!«

Der fremde Riese bleibt mir weiterhin eine Antwort schuldig, und dann legt er seine Hand auf meine Schulter. Ich glaub, ich stehe im Wald! Wir sind hier auf einer Beerdigung und der Typ versucht mich anzugraben.

»Sag mal, Alter, geht's noch? Ist zwar schmeichelhaft, aber ich muss dich enttäuschen, ich bin nicht schwul. Und jetzt verpiss dich! Klar?«

»Keine Angst, Kay, ich bin auch nicht schwul.« Der Riese spricht. Und er weiß meinen Namen.

»Du kennst mich?«

»Ich kenne alle Menschen. Es wird Zeit, wir müssen allmählich los.«

»Wohin?«

Er zeigt auf die Grabstätte. Auf den Schleifen der Blumenkränze und Schalen steht mein Name. Verwundert frage ich den Riesen, wieso da überall mein Name drauf steht. Vorhin war das doch noch nicht. Oder? Das kann ich doch unmöglich übersehen haben.

»Um dir die letzte Ehre zu erweisen«, antwortet er mir.

»Hä?« Ich kapiere gar nichts.

»Na, komm. Ich bring dich jetzt in dein neues Zuhause.«

»In den Darkroom oder was? Ich sage es jetzt noch mal deutlich: Ich bin nicht Schwul und jetzt geh weg! «

Er packt mich am Arm und zerrt mich zum Grab. Ich versuche mich loszureißen und brülle die Trauergemeinde an, dass sie mir helfen soll. Doch der Riese ist übermächtig und schafft es, dass mich niemand hört. Mit einem kurzen Ruck schleudert er mich in das offene Grab. Ich pralle hart auf den Sarg auf und winde mich vor Schmerzen.

Als ich meine Augen öffne, befinde ich mich bereits im Inneren des Sarges und der Deckel ist geschlossen. Ich spüre und höre, wie Erde auf mich drauf geschaufelt wird. Ich versuche den Sarg zu öffnen, doch der Deckel rührt sich nicht einen Millimeter.

Ich bin gefangen.

In meinem eigenen Grab.

Ich befand mich einfach die ganze Zeit auf meiner eigenen Beerdigung.

Während mich die Panik komplett überkommt, stemme ich mich noch einmal mit voller Kraft gegen den Sargdeckel und schreie:

»Und was ist mit der Schallplatte?«

Death around my Neck

Schuld

Wie lange kann ich noch mit ihr leben?

Oder Überhaupt!

Sie hat tief in mir eingenistet.

Und lässt mich nie mehr Allein.

Von Tag zu Tag, wie eine offene

Wunde die nie mehr heilt.

Plötzliches Glück, nur eine Illusion.

Kurze Momente in den es mir gut geht.

In dem ich es schaffe sie auszublenden.

Die Schuld.

Das Versagen.

Die Feigheit.

Die ignorante Selbstsucht.

Doch es holt mich immer wieder ein.

Es frisst mich auf.

Stück für Stück.

Ich bin machtlos.

Es ist ausweglos.

Ich kann mir nicht selbst verzeihen.

Die Qual über mein Versagen.

Meiner rücksichtslosen Feigheit.

Ich hätte es verhindern können, oder zumindest lindern.

Doch ich tat nichts.

Verzeiht mir.

Dahin vegetieren

4:39 Uhr! Schon wieder liegt so ein beschissener Tag hinter mir. Naja, ich weiß es nicht wirklich. Wieso ich das nicht so genau sagen kann, fragt ihr euch jetzt?

Es gab Kuchen und jeder hat dem anderem geholfen. Richtig, eigentlich eine verdammt gute Sache! Vielleicht war der Tag ja doch schön und gut. Ich bin mal wieder so richtig auf allem, was man sich so vorstellen kann. Ihr merkt das sicherlich an dem Müll, den ich von mir gebe. Ich fühle mich heute mal wieder so übelst bedrängt von allem und jedem um mich herum. Wie ein Fisch, der auf dem Land liegt und weit und breit kein Wasser hat.

Und unter mir auch noch spitze Dornen, die mich bei jeder Bewegung verletzen. Ich lasse es einfach über mich ergehen. Ich glaube, inzwischen hab ich mich sogar daran gewöhnt. *Shit!* Mir gefällt es sogar mal kurz. Dann kam wieder dieser Drang. Frag mich nur, warum diese ganze Scheiße. Dieses Scheißleben. Jaja, ich frag mich was und weiß die Antwort. Zumindest einen Teil davon.

Nun bin ich wieder auf der anderen Seite, jenseits der Drogen! Unter anderen Umständen würde ich schon längst schlafen, bestimmt schon seit 21:00 Uhr.

Bin ich krank? Naja, auf jeden Fall kämpfe ich ab und an dagegen an. Könnte jetzt so langsam ficken. Mal schauen, wann ich zur Ruhe komme. Bei ADS Patienten ist das doch fast genau so wie bei mir. Diese Ruhelosigkeit.

Ich beweise mir also wieder das Gegenteil und suche nach Sinn, Sucht, Suche. Und doch wieder falsche Entscheidungen.

Es geht immer so weiter. Bis ... ich weiß auch nicht bis wann.

Ist das der Sinn des Daseins? Dahin zu vegetieren?

Das Versehen

Ich hätte nie gedacht, dass es so einfach wäre.
Als ich Clarissa vor ein paar Wochen in einem
Club, besser gesagt in einem schäbigen
umgebauten Keller in dem Rock Musik läuft,
kennen gelernt hatte, waren wir uns auf Anhieb
sympathisch. Wie und warum, oder über was wir
dort damals ins Gespräch kamen kann ich heute
nicht mehr sagen, aber es hatte gefunkt. Nachdem
geklärt war, dass wir beide Single sind, tauschten
wir kurz danach unsere Nummern aus.

Sie ist genau mein Typ: etwas über 1,60m und echt schlank, schon fast ein Hardbody. Straßenköter blonde Haare, die sie aber zu so was wie brünett gefärbt hatte, wie sie mir beiläufig erzählte. Für mich sah es nebenbei allerdings schwarz aus. Ein wirklich hübsches Gesicht und ein ganz netter Vorbau, der straff nach oben steht. Ich muss zugeben, ich war hin und weg. Bis zu unserem ersten Treffen dauert es nicht lange. Gerade mal ein paar Tage später sind wir zum Spazierengehen verabredet und sie ist merklich aufgeregt. Wir verbringen schöne Stunden zu zweit und als ich sie anschließend nach Hause fuhr, wie sich das für einen echten Gentleman gehört, küssten wir uns innig beim Verabschieden.

Und jetzt sitzt sie auf mir. Direkt bei unserem zweiten Treffen. Wir hatten uns bei mir verabredet und noch nicht einmal zwanzig Minuten später, nachdem sie zum ersten Mal über meine Türschwelle trat, fielen wir übereinander her, wie notgeile Schimpansen, die sich seit Ewigkeiten nicht mehr paaren durften.
Es ist fantastisch!

Ich versuche erst meine Standardnummer durchzuziehen: nach dem ganzen Geknutsche und Gefummel, will ich mit Oralsex bei ihr beginnen, bis sie schön auf Touren kommt und dann in die Penetration übergehen. Perfekt, da sie eh schon in der Missionarstellung liegt. Doch sie macht mir einen Strich durch die Rechnung. Ich bin verwundert, weil kaum eine Frau dazu nein sagt, doch sie will nicht geleckt werden. Stattdessen fordert sie mich auf, mich auf den Rücken zu legen.

»Du willst nach oben?«

»Ja, das ist die einzige Stellung, in der ich komme.« sagt sie zu mir und beginnt direkt damit mich zu reiten.

Was mir auch ganz recht ist, wenn es sich, wie hier, ergibt, überlasse ich Frauen ganz gerne das Ruder beim ersten Sex. Das macht es mir leichter herauszufinden, was sie mögen und brauchen, um sie bei möglichen Wiederholungen leichter zum Höhepunkt zu führen. Nicht zu vergessen, ich habe eine wunderbare Aussicht auf ihre Titten. Ich kann jederzeit danach greifen und damit rumspielen. Sie hat schöne Titten, nicht zu klein und auch nicht zu fettbrüstig. Und wie schon erwähnt: sie stehen wie eine Eins. Und sie sind echt! Nichts gegen unechte Titten, ich mag die Dinger sehr und man kann auch viel Spaß damit haben, doch gelegentlich können sie auch ziemlich hart sein und schnell hat man sich seinen Finger verstaucht. Oder was anderes …

Außerdem ein weiterer Vorteil für mich, ich brauche ewig in dieser Stellung bis ich zum Abschuss komme. Gut für sie und gut für mich, besser gesagt für mein Ego. Nichts ist deprimierender als nach wenigen Minuten schon zu kommen.

Ich muss zugeben: der Rhythmus, wie sie auf mir rumrutscht, beeindruckt mich. Zuerst ein schnelles auf und ab, wobei man es richtig klatschen hört. Dann kurz gestoppt und ein langsames Vor und Zurück, was in ein Kreisen übergeht. Mein Schwanz tanzt Lambada! Jetzt nimmt sie meine rechte Hand, führt sie zu ihrem Hals und drückt meine Hand leicht zusammen. Sie will gewürgt werden. Das erinnert mich sofort an einen One Night Stand, den ich vor einigen Jahren hatte. Dort wollte die gute Dame, dass ich ihr, kurz vor ihrem Höhepunkt, eine durchsichtige Plastiktüte über den Kopf ziehe, um ihr damit die Luft abzuschnüren. Damals versuchte ich es, aber ich musste so anfangen zu lachen, dass ich die Aktion abbrechen musste. Ich konnte das einfach nicht ernst nehmen.

Ich schätze mal, dass ich jetzt keinen Lachflash bekomme, um ehrlich zu sein ist es mir auch etwas unangenehm. Nichts gegen leichte Gewalt beim Sex, wie zum Beispiel dolle Klapse auf den Po, oder leichtes Knabbern an den Nippeln, oder wenn es sein muss auch an der Klitoris. Aber eigentlich ist es nicht so mein Ding, doch ich tue es, ich drücke zu.

Zunächst leicht und dann etwas fester, ich traue mich nicht so wirklich.

»Wenn ich zu fest zu drücke, sag Bescheid«, flüstere ich ihr zu, während sie weiterhin auf mir rumrutscht.

Sie lächelt mich an und sagt: »Kann gerne noch etwas fester sein.«

Gesagt, getan. Ich drücke ihr fester die Kehle zu, und sie reitet mich schneller und fester. Immer wenn ich den Druck auf ihrem Hals erhöhe, wird sie auch schneller und klatscht heftiger auf mir auf. Dies bringt mich in Extase. Wir finden beide kein Halten mehr. Immer fester, immer schneller und immer weiter, bis ich meinen Samen einfach nicht mehr zurückhalten kann.

Ich explodiere regelrecht, ihr Hals fest in meiner Hand.

Anscheinend sind wir gemeinsam zum Höhepunkt gekommen, denn sie sackt total erschöpft auf mir zusammen und bedeckt meinen Körper mit ihrem. Wir liegen beide total fertig und verschwitzt da und ich schnappe nach Luft. Das war der beste Sex, den ich seit Langem hatte.

Ein paar Minuten liegen wir weiter einfach so da bis sie mir zu schwer wird. Ich tippe sie an der Schulter an und sage leise: »Clarissa, rück mal runter von mir.«

Sie sagt und macht nichts.

»Hey Clarissa, jetzt geh doch bitte mal runter von mir.« Wieder keine Reaktion und es kommt mir so vor, als wird sie von Sekunde zu Sekunde schwerer. Ich drücke sie von mir runter. Sie regt sich kein Stück.

»Ist alle okay bei dir?« frage ich, doch bekomme keine Antwort.

Ich tippe ihr erneut auf die Schulter und rüttele leicht an hier. Doch nichts passiert. Sie wird doch nicht bewusstlos oder gar eingeschlafen sein?

»Clarissa, hallo?.«

Ich versuche wieder und wieder sie wach zu kriegen. Ich schüttele sie stark. »Aufwachen, hallo, was ist denn los?« Doch keine Reaktion. Mir kommt das komisch vor und überprüfe ihre Vitalzeichen.

Sie ist tot.

Was? - schreit alles in meinem Kopf.

Wie das?

Fuck!

Ich reiße panisch die Augen auf. Stoße den leblosen Leib von mir runter und schrecke zurück.

Die ist wirklich tot! Wie zum Geier ... habe ich zu fest zugedrückt, das kann doch nicht sein. Scheiße, verdammt!

Ich springe panisch vom Bett auf laufe verwirrt durch das Zimmer und mein Blick fällt immer wieder auf ihren leblosen Leib.»Fuck, fuck, fuck, fuck, fuck, fuck!« Das ist alles, was ich von mir gebe, während ich überlege was ich jetzt mache.

Es klopft an der Tür. »Fuck, wer ist denn das jetzt?«, frage ich mich selbst im Flüsterton.

Es klopft erneut an der Tür, diesmal heftiger. Ein starkes Donnern, als würde jemand versuchen sie kurz und klein zu schlagen.

»Moment!«, schreie ich.

Als ich die Tür öffne mit den Worten »Scheiße verdammt, was ist?« trifft mich ein harter Schlag direkt auf mein Kinn und streckt mich beinahe zu Boden. Ich kann mich gerade noch am Türrahmen festhalten.

»Ist meine Frau bei dir?«, brüllt mich ein großer, halbwegs durchtrainierter Typ an.

»Was willst du?«, frage ich genervt und halte mir mein schmerzendes Kinn.

»Ist Clarissa bei dir? Ich weiß, dass sie sich mit dir treffen wollte, also wo ist sie?«

»Scheiße, wer bist du verflucht?«

»Georg, ihr Mann, du Arschloch!«

»Ihr Mann?« Ich erstarre kurz.

Shit, jetzt ist die auch noch verheiratet. Tot und verheiratet, wird ja immer besser. Wieso muss so was immer mir passieren, ist doch zum Kotzen.

»Ja, ihr Mann! Ist die Schlampe jetzt da oder nicht?«

»Sie hat nie was von einem Ehemann gesagt, ich schwöre! Ich hatte keinen Plan.«

»Also ist sie da?«, fragt er mit starrem Blick, doch nicht mehr schreiend.

»Na ja ...« murmele ich.

»Hör zu, dir passiert nichts weiter«, sagt er in einen beruhigenden Ton und klingt sehr glaubhaft dabei. Und fügt hinzu: »Du bist mir egal, bist nicht der Erste, ich kenne das schon. Aber jetzt reicht es endgültig. Diese verdammte Hure bringe ich um, wenn ich sie in die Finger bekomme!« Er klingt immer noch glaubwürdig, wenn die Ironie seiner Aussage den Nagel nicht auch noch auf den Kopf treffen würde.

»Da kommst du wohl etwas zu spät«, sage ich leise und gedankenverloren.

»Was?« Jetzt wird er wieder richtig laut.

Doch ein Fehler gewesen ihn einzuweihen?

»Nichts, ich wollte sagen ... ach vergiss es.«

»Ist sie jetzt da oder nicht?«

»Na ja, schon, aber auch irgendwie nicht mehr«, druckse ich herum, bin mir immer noch nicht sicher, ob ich ihm die Geschichte erzählen soll.

»Was quatscht du da für einen Müll?«

»Ach scheiß drauf, komm einfach rein.«

Jetzt ist es mir einfach egal. Er soll sehen, was ich mit seiner Frau angestellt habe. Alles andere führt doch zu nichts, der wäre nie vor meiner Tür abgehauen, hätte mir eventuell sogar die Bullen auf den Hals gehetzt. Und dieses ständige *„Ist sie da, ist sie da"* Gejaule konnte ich auch nicht mehr hören. Kein Versteckspiel, er soll es sehen und ich muss mich eben mit allen Konsequenzen, die nun folgen werden, auseinandersetzen - so gut es eben geht. Doch es sollte alles eine überraschende Wendung nehmen!

Ich führe Georg in mein Schlafzimmer, direkt zu seiner Ehefrau, die tot auf meinem Bett liegt.

Nackt!

Vielleicht nicht die beste Ausgangssituation.

Ich rechne schon mit dem Schlimmsten. Wird er mich jetzt auch töten? Wird er heulend und wimmernd zusammenbrechen? Wird er sofort die Polizei rufen?

Doch seine Reaktion verschlägt mir den Atem.

»Geschieht der Schlampe recht.«

Ich sehe ihn nur mit offenem Mund und großen Augen an.

»Wie war es? Wie hat es sich angefühlt? Ist sie sofort gestorben oder langsam und hast du zugeschaut?«

»Es war ein Unfall! Sie wollte, dass ich sie beim Sex würge und ich hab wohl zu fest zugedrückt.«

Georg sieht mich erstaunt und voller Skepsis an: »Du halbes Hemd hast sie erwürgt?«

Ich fühle mich zunächst beleidigt, als er das sagt, doch im Vergleich zu ihm war ich tatsächlich ein Hänfling und so war seine Frage gar nicht so ungerechtfertigt.

»Tja, was soll ich sagen, so ein richtig guter Orgasmus legt ungeahnte Kräfte frei«, antworte ich und eine unbehagliche Stille folgt direkt danach. Es dauert einen Moment bis ich dieses beiderseitige Schweigen durchbreche: »Du hattest erwähnt, ich wäre nicht der Erste?«

»Ja, das stimmt, sie kam nie mit meiner Bi-Sexualität klar, und deswegen hat sie sich trotz meinem Missfallen immer wieder Affären gesucht.«

Ich bin geschockt. *Dieser* Typ ist Bi-Sexuell?

Das wirft mich jetzt beinahe mehr aus der Bahn, als die Tatsche, dass ich für den Tod seiner Frau verantwortlich bin. Das Einzige, was ich in diesem Moment über meine Lippen bringe, ist ein:

»Ach (was)!«

»Ja, sie hat schon immer ein Problem damit gehabt, dass ich es mir manchmal von Männern besorgen lasse. Ich hatte ihr zwar mal ein Dildo zum

Umschnallen gekauft mit dem sie mich gefickt hat, aber das war nicht dasselbe. Sie hatte es einfach nicht drauf, nicht die richtige Stoßtechnik, weißt du?«

»Aber klar« lüge ich immer noch geschockt, wobei mir bewusst wird, dass ich keine Ahnung davon hatte und diese auch nicht erlangen möchte.

»Jedenfalls war das nie ein Freifahrtschein für sie mit anderen Typen rumzuficken. Nur weil ich mir ab und zu von anderen Typen in den Arsch ficken lasse, hatte sie noch lange nicht die Berechtigung dies auch zu tun. Ich war strikt für eine monogame Beziehung. Sie war meine Frau und niemand außer mir hat sie zu ficken.«

Was ein Arschloch, dachte ich mir, während ich fleißig nickte. Der hat auch nie was von Gleichberechtigung gehört. Was ein abgefuckter Macho.

»Und du? Schon mal in den Arsch gefickt geworden?«

»Bitte?«, sah ich ihn erschrocken an.

»Hast mich schon verstanden.«

Zuerst folgt als Antwort ein Klares: »Nein.« Gefolgt von einem angewiderten: »Danke.«

»Wirklich kein Interesse daran?«

»Hallo? Sehe ich aus wie eine gottverdammte Schwuchtel?«, frage ich genervt und wütend.

»Ernsthaft, so was fragst du heutzutage noch? In unserer heutigen hippen Gesellschaft, wo jeder irgendwie etwas homo ist, weil es voll Trend ist. Schau dir die *Ehrlich Brothers* oder *Mark Foster* an.«

»Oder *Mario Barth*«, werfe ich mit ein, ohne mir anmerken zu lassen, wie unwitzig dieser Kerl ist, was wirklich nicht leicht ist.

»Und was machen wir jetzt?«, möchte Georg wissen.

»Nimmst du sie mit?«

»Was?« faucht er mich an.

»Na, das ist doch deine Frau.«

»Aber du hast sie umgebracht.«

»Aus Versehen, es war ein Unfall und keine Absicht«, stelle ich klar und bemerke erst jetzt, wie absurd unsere Unterhaltung ist.

»Ach, du tickst doch nicht ganz richtig.«

»Na, hier kann sie nicht bleiben.«

»Und zu mir kann sie auch nicht, nicht so. Ehefrau hin oder her. Tot geht das nicht.«

»Na toll. Wie soll das ablaufen?« Ich sehe auf sie hinab. „Bestattung?"

Georg antwortet nicht, schaut nur seine leblose Frau an.

Wir wenden uns genervt voneinander ab.

Ich stöhne vor mir her: »Wäre doch mein Kumpel Paul da, der wüsste was in dieser Situation zu tun wäre.«

Georg sieht mich auf einmal erstaunt an: »Du kennst Paul?«

»Wer kennt Paul denn bitte nicht?«, erwidere ich.

»Stimmt auch wieder! Wie heißt du eigentlich?«

»Ich bin Clay.«

»Clay? Was ist denn das für ein komischer Name?«

»Die Kurzform von Clayton. Ich wurde ein Jahr nachdem *Bret Easton Ellis* seinen ersten Roman *Unter Null* veröffentlicht hat, geboren. Meine Eltern haben dieses Buch förmlich inhaliert, immer und immer wieder. Und die Hauptfigur darin heißt Clayton. Nach dem bin ich benannt.«

Man kann sehen, dass Georg angestrengt über etwas nachdenkt und fragt mich schließlich: »Hat dieser *Easton Ellis* nicht auch *Dope69* geschrieben?«

»Nein das war jemand anderes, irgend so ein Arschloch, hab seinen Namen vergessen.«

»Geiles Buch, finde ich.«

»Na ja, geht so.«

Stille.

»Was hältst du davon, wenn wir sie irgendwo im Wald verscharren?« schlägt Georg vor.

»Auf keinen Fall, meine DNA klebt in ihr und ich bin vorbestraft.«

»Wir schmeißen sie in den Rhein?«

»Aber nur, wenn wir sie vorher zerstückeln, ansonsten zu unsicher. Hast du da Bock drauf?«

»Nicht wirklich, wie sieht es mit verbrennen aus?«

»Ja, aber wo, ohne dass es auffällt?«

»Stimmt auch wieder. Und wenn wir sie vorher mit einem starken Chlorreiniger sauber machen und doch im Wald vergraben?«

»Und am besten einen Sack Löschkalk auf sie drauf schütten«, füge ich hinzu.

»Genau.«

»Ist zwar riskant, aber was Besseres fällt mir jetzt auch nicht ein.«

»Okay, lass sie uns sauber machen, in irgendwas einpacken und hier raus schaffen.«

Bevor wir ans Werk gehen, frage ich Georg noch: »Willst Du nochmal? Bevor wir sie wegschaffen.«

»Was will ich noch mal?

»Na, sie ficken?«, sage ich und zwinkere ihm zu. »Noch ist sie warm.«

»Was?« faucht er mit ungläubigem Blick zurück.

»Na, zum Abschied. Wer weiß, wann du mal wieder kannst. Mit einer Frau, meine ich.«

»Du bist doch ein kranker Wichser!«, sagt der Bi-Sexuelle Ehemann, der nicht im geringsten Trauer über den Tod seiner Frau zeigt und mit ihrem Lover und vermeintlichen Mörder den Leichnam nun beseitigen will und zwar auf die bequemste Art.

»Reg dich ab, hätte ja sein können.«

Gott, was für ein Sensibelchen, also echt! Da meint man es nur gut und wird gleich beschimpft. Die Menschen werden heutzutage wirklich immer dünnhäutiger.

Unterwegs auf der Suche nach einem geeigneten Platz um Clarissas Leiche zu verscharren, erzählt mir Georg total begeistert davon, dass er damals Anfang der 2000er *Linkin Park* live noch als Vorgruppe von den *Deftones* gesehen hatte. Cool!, denke ich mir und er glüht förmlich. Seine Augen leuchten regelrecht und der Sabber tropft ihm fast vom Kinn und das obwohl seine Frau tot im Kofferraum liegt.

Wir sind schon irgendwie krank, denke ich mir und vergesse kurz drauf selbst wieder, dass etwas im Kofferraum liegt. Ich frage mich, wie oft er diese Geschichte schon erzählt hat und wie oft er es noch tun wird. Wahrscheinlich bis zum Ende seines Lebens. Sie hat offensichtlich sehr große Bedeutung für ihn. Desweiteren erwähnt er, dass er die Gruppe *Nightwish* total gerne hört, worauf ich fast gekotzt hätte und eine heftige Diskussion ausbrach. Wie kann man ernsthaft so eine Scheiße, von der man sich Ohrenkrebs einfängt, gut finden? Er kontert mehrfach damit, dass Geschmäcker halt verschieden wären, was ich aber nicht gelten lasse, da dies einfach nur widerlich ist und nichts mit Geschmack zu tun hat. Als er dann noch meint, er fände auch Bands wie *Tool* und *Subway to Sally* gut, war es bei mir endgültig vorbei. Mir war klar, dem haben sie das Hirn raus genommen. Und das alles, während seine Frau weiterhin tot im Kofferraum lag.

Als wir dann endlich einen für uns geeigneten Platz gefunden haben, stritten wir uns schon wieder: Keiner von uns hatte Bock zu schippen, denn der Boden war steinhart. Ich war der Meinung, er müsse es tun. Es war ja schließlich seine Frau und er ist dafür verantwortlich, dass sie wenigstens halbwegs würdevoll zu Grabe getragen wird. Das beginnt meiner Meinung nach bereits mit dem perfekten Ausheben eines Grabes. Außerdem habe ich zarte Hände, die schnell rissig werden und das ist echt ätzend!

Er kam wieder mit der alten Leier: ich hätte sie schließlich umgebracht, also müsse ich schippen.

Da wir uns nicht einigen konnten, schaufelten wir am Ende beide. Immer schön abwechselnd. Schippe für Schippe. Dabei erzählt er mir übrigens erneut, dass er mal *Linkin Park* als Vorgruppe von den *Deftones* gesehen hat. Na und?, dachte ich mir - ich habe die *Village People* als Vorgruppe von *Die Ärzte* gesehen. Auf welchem Konzert war wohl mehr Party?

Eigentlich ist Georg ganz sympathisch, bis auf seinen grässlichen Musikgeschmack. Wir sind uns sogar ziemlich ähnlich (bis auf die Musik. Ich höre gute Bands), derselbe Schlag von Mensch halt. Ich denke, es besteht die Möglichkeit, dass wir Freunde werden könnten. Und trotzdem schlage ich ihn mit der Schaufel bewusstlos.

Er stand vor ihrem Grab und betete für sie, gedachte ein letztes Mal an sie - was weiß ich, er stand da jedenfalls, sagte kein Wort und faste sich selbst an den Händen.

Nachdem ich Georg mit der Schaufel von hinten eins übergebraten hatte, fiel er wie ein nasser Sack auf sie drauf.

Es dauert zwar dann einen Moment bis es mir gelang seinen Kopf mit der Schaufel von seinem

Hals abzutrennen, aber ich bekomme es hin. Ich kann mir schließlich keine Zeugen leisten.

Ich schütte den Löschkalk auf beide drauf und schaufele das Loch zu.

Danach fahre ich Heim und putze wie ein Besessener meine Wohnung. Anschließend falle ich wie ein Stein in mein Bett.

Was für eine Nacht.

Verschwörungstheorien

Theorie Eins:

Ein offener Brief an McDonalds, der gelesen wurde,
aber nie beantwortet.

Liebes McDonald's-Team,

kann es sein, dass ihr einen geheimen Krieg gegen den Islam führt? Ihr klatscht seit Jahren auf jeden Burger diesen widerlichen BACON drauf! Was soll das?

Als nicht religiöser Mensch (nicht getauft und keiner Konversation angehörig, ich bin wirklich der größte Atheist), dem der Islam und sonstige Religionen dieser Welt gleichgültiger nicht sein könnten, könnte es mir eigentlich egal sein. Aber ich finde diesen BACON (und generell Schinken) einfach zum Kotzen!

Könnt ihr jetzt bitte mal aufhören mit der Scheiße! Ansonsten werde ich zum Veganer! VERSPROCHEN!

PS: Eure veganen Burger sind überhaupt nicht zu hundert Prozent vegan. So!

Theorie Zwei:

Die Waterdrop-Affäre

Während meines Besuches bei einer Freundin in Ostfriesland, stand ich kurz nach meiner Ankunft mit ihr in ihrer Küche. Wir unterhielten uns über dies und das und waren vollkommen allein. Keine Geräte mit Mikrofon, wie eine Alexa, befanden sich in der Nähe. Geschweige denn waren sie in der Wohnung überhaupt vorhanden. Ganz normale Küchengeräte und ein altes Radio. Das Fenster war gekippt, weil wir beim Erzählen rauchten. Wir befanden uns bei Zimmerlautstärke im ersten Stock, somit lauschte niemand von außerhalb unserem Gespräch. Vor ihrem Haus eine rege befahrende Landstraße und sonst nichts, außer dem Nachbarhaus gegenüber.

Das einzige, was wir bei uns hatten, waren unsere Smartphones. Meins in meiner Hosentasche, ihres lag auf einer Küchenablage. Niemand außer uns beiden befand sich in dieser Küche, als sie mir von den Waterdrops zum ersten Mal erzählte und kurz danach vorführte und mir einen zum Probieren gab. Was ist ein Waterdrop? Eine zuckerfreie Erfrischung in Würfelform, die man in Wasser auflösen kann. Sie hatte kurz zuvor Geburtstag und diese geschenkt bekommen, damit sie ihrem Wasser, was sie täglich beinahe ausschließlich trank, etwas Geschmack verleihen konnte.

Es war ein ganz privater und intimer Moment zwischen uns beiden in dieser Küche, kein Ton davon drang an die Außenwelt.

Doch keine vierundzwanzig Stunden später, wurde ich mit Werbung für die Waterdrops regelrecht zugeschüttet. Über Facebook, Google und sogar einer E-Mail an mich.

Nun die Frage, die wir uns alle stellen sollten: Wie geht das? Ist doch merkwürdig, oder? Hat uns beiden da doch jemand zugehört oder wurden wir beobachtet?

Wird vielleicht bereits jeder Schritt von uns allen beobachtet und dokumentiert? Gibt es denn tatsächlich noch so was wie Privatsphäre, oder ist dies nur noch eine Illusion

und wir haben es noch nicht gemerkt?

Theorie Drei:

Die Elvis-Kennedy-Theorie

Elvis und Kennedy sind damals gar nicht gestorben. Kennedy wurde nicht erschossen und Elvis erlitt keinen Herzinfarkt auf dem Klo. Sie hatten einfach keinen Bock mehr auf die Öffentlichkeit und waren zum Teil in heikle Geschäfte verwickelt. Ihnen bleib nur ein Ausweg: sie musste ihren Tod vortäuschen. Viele Jahre später landeten sie sogar im selben Altersheim. Wo sie es richtig krachen ließen und viele Abenteuer erlebten. Sie kämpften sogar gegen eine seelenfressende Mumie und gewannen nur ganz knapp.

Manche behaupten, dass sie dort immer noch in Frieden leben und sich über die Bevölkerung nach wie vor lustig machen, weil sie auf ihren Tod reinfielen, andere meinen, dass Elvis einem Hirnaneurysma erlag, als seine Tochter Michael Jackson heiratete. Und Kennedy soll sich den goldenen Schuss gesetzt haben, nachdem Donald Trump zum Präsidenten gewählt wurde.

Theorie Vier:

Die Thunberg-Theorie

Klimaaktivistin Greta Thunberg ist in Wahrheit überhaupt kein junges Mädchen,

sondern ein Alien in Menschengestalt. Sie kam auf die Erde, um diesen Planeten und

uns alle zu retten. Wenn dies auf diplomatischem Weg nicht funktioniert, zeigt sie uns

ihre wahre Gestalt und lässt von ihren Freunden aus dem All unseren Planeten in Schutt

und Asche legen. Auf die umweltfreundlichste Weise natürlich. Nach dem Motto „Wer nicht hören will, muss fühlen" löscht sie die gesamte Menschheit aus. Damit unser Planet in Ruhe weiter existieren kann.

!GO-GRETA-GO!

Theorie Fünf:

Böse Zungen behaupten:

Der Autor strebt mit diesem Buch die Weltherrschaft an!

Schlusswort:

Die ein oder andere dieser Theorien ist tatsächlich die Wahrheit, sie ist entweder genau so passiert, oder sie wird es noch.

Wissen Sie welche? Können Sie die Wahrheit von der Lüge unterscheiden? Manchmal passieren aber auch gewisse Dinge jenen Menschen, die den Begriffen wie „Wahr" und „Gelogen" nicht gerecht werden. Sie sind für uns Menschen einfach unvorstellbar.

Ihr
Jonathan Frakes

fisten oder gefistet werden

Bei wem wurde noch nicht in den Analen seiner Persönlichkeit herumgestochert nur um die Macht des Gegenübers zu befriedigen?

Wer hat sich noch nie dabei erwischt, wie er sich gewünscht hat, auch mal seine Faust bis zur Schulter in der Scheiße eines anderen eintauchen zu lassen, um ihn so richtig zu quälen? Die Macht zu kosten, ein anderes Leben für nur eine Minute so in den Dreck zu ziehen und anschließend lachend weg zu gehen, um sich Zuhause einen drauf runterzuholen wie toll man doch wieder gewesen ist? Unser ganzes Leben dreht sich um die Frage: wen kann ich fisten, wer wird mich fisten und wer wird zuerst gefistet!

Sein ganzes Leben wird man gefistet, mal weniger stark mal mit Anlauf und ohne Gleitmittel. Das Blut muss nur so spritzen!
Von klein an lernt man zu geben, auch zu nehmen, je nachdem wie stark die eigene Persönlichkeit und der Körperbau sind. Wenn die Grundkenntnisse des Fistens im Kindergarten und in der Schule gelernt wurden, von wie bis warum

über Gruppenfisten wird man darauf vorbereitet in der Profiliga mitzufisten.

Wenn man irgendwann mal über seinen eigenen Schatten, welcher unendlich lang erscheint, gesprungen ist und sich dazu durchgerungen hat arbeiten zu gehen, gibt man sich als Freiwild zu erkennen, welches für Geld gefistet werden will. Jeden Tag. Eine zuerst billige Hure des Lebens. Ein Wiederholungsmasochist. Mit jeder Faust, welche in einen gerammt wird, stumpft man immer weiter ab. So weit bis einem etwas fehlt, wenn man mal drei Wochen Urlaub hat. Je länger das Spiel mitgespielt wird, je länger man seinen Arsch den anderen zum Geschenk anbietet, desto bessere Chancen hat man andere zu fisten. Erst einen einzigen welcher jeden Tag die eigene Faust zu spüren bekommt, dann immer mehr. Nach einer gewissen Zeit werden regelrechte Orgien möglich, um sein eigenes Ego derart zu penetrieren, dass einem allein beim Gedanken gehörig einer abgeht.

Doch wo zieht man seine Grenzen? Warum soll ich dieses Gefühl nur auf der Arbeit haben? Wieso nicht auch in meinem Privatleben? Wenn man mal wieder auf der Arbeit von einem anderen eiskalt erwischt wurde und so ein richtig schönes Ziehen verspürt, wieso dann nicht jemanden aus dem privatem Umfeld fisten?

Durch den Vorteil einer persönlichen Beziehung zu demjenigen wird es einem sogar vereinfacht. Quasi hat man ein Drehbuch desjenigen zur Hand, in welchem steht zu welchem Akt er fertig gemacht werden kann. Die linke Faust bereitet vor, die rechte Faust vollendet im Schlussakt. Je näher man einer Person steht, desto dicker das Drehbuch, desto hilfreicher die Informationen, die man daraus ziehen kann. Hat man das Opfer zerstört, wirft man es weg, ritzt eine Kerbe in seine Lieblingsfaust und sucht sich ein neues, interessanteres Opfer.

Ist das ganze Leben eine einzige Faustparade? Ohne Gnade? Wann kommt der Tag, an welchem man kritisch die Fisterei beäugelt und vielleicht erkennt, dass es auch noch andere Wege gibt von A nach B zu kommen? An dem man versucht, den Kreislauf zu durchbrechen, um seine Faust von der ganzen Scheiße zu befreien, welche man im Laufe der Jahre angesammelt hat?

Ich persönlich kann nicht von mir behaupten, dass der Tag schon gekommen ist. Sondern muss eher zugeben, dass ich derzeit mitten drin stecke und auch ab und zu richtig schön eine Rosette zerstört habe. Denn warum soll man der einzige verblödete Depp sein, der nur hinhält und nicht auch mal nimmt! Wenn es mir angeboten wird, greif ich schon mal zu. Auch nen Gang Bang soll es schon gegeben haben. Doch nichts desto trotz entgeht einem ja nicht was drumherum geschieht, wer wie wo wen fistet, und warum. Und ab und zu hat man es einfach leid, will auch mal wieder einen Tag erleben ohne solche ekelriechenden Schweinereien. Ohne eine durchbrochene Bauchdecke, ohne eine völlig am Boden liegende Person.

Sich von den Ärschen abwenden, hin zu wohlschmeckenden Muschis ...

Die Taxifahrt

Es ist zwei Uhr morgens.

Es beginnt zu schneien und es ist kalt. Ich stehe vor einem Irish Pub namens *McGinty's und das Taxi fährt vor, das ich mir von der freundlichen Thekendame hab rufen lassen.*

Ich steige hinter dem Beifahrersitz ein.
Der Taxifahrer taxiert mich sofort mit einem Blick in den Rückspiegel.

»Wo soll es hingehen?«, möchte er wissen.

Ich lege zuerst den Gurt an, bevor ich mit »Ne Runde für zwanzig Euro« antworte.

Er schaltet das Taxameter ein und fährt los.

Die nächsten zwei Minuten herrscht absolutes Schweigen. Ich lasse das Seitenfenster einen Spalt herab und lausche den Geräuschen von außen. Ich nehme einen tiefen Zug vom Fahrtwind, der ins

Auto hinein dringt und breche das Schweigen mit dem Satz: »Lange nicht mehr gesehen, Papa.«

Stille.

Der Blick des Fahrers streift mich erneut im Rückspiegel. Seine Augen. Dunkelbraune, genau wie meine, starren mich an. Es ist fast so, als ob ich in einen Spiegel sehen würde.
»Lass mal überlegen, wie lange ist es her, seitdem wir uns das letztes Mal gesehen haben …
Achtzehn Jahre, wenn mich nicht alles täuscht.«
Ich bin der einzige, der unser Gespräch am Laufen hält.

Der Fahrer schweigt und umklammert fest das Lenkrad mit beiden Händen. Ich fahre fort: »Achtzehn lange Jahre, dabei kommt es mir wie gestern vor, als Mama endlich den Mut gefasst hat dich vor die Tür zu setzen. Zwar mit Polizeigewalt, blauen Flecken und Blutergüssen, aber immerhin. Ab da waren wir dich endlich los.«
Ein kurzer Blick in den Rückspiegel erfolgt, während das Taxameter bereits bei sieben Euro angekommen ist.

»Was hast du in all der Zeit getrieben? Fährst jetzt Taxi, wie ich sehe. Was ist mit deinem alten Job passiert, diese tolle Stelle als Beamter? Haben sie dich endlich rausgeschmissen?«

Ich bekomme keine Antwort auf meine Fragen, und habe ehrlich gesagt auch nicht damit gerechnet. Er schweigt eisern, während ich weiter rede.

»Du hast doch bestimmt nichts dagegen, wenn ich rauche? Ich weiß, dass das in Taxis eigentlich verboten ist, aber deinem einzigen Sohn wirst du das doch bestimmt gestatten.«

Ich zünde mir ohne auf Erlaubnis zu warten eine Zigarette an und puste den Rauch von meinem ersten Zug provokant direkt auf seinen Platz. Er hustet leicht, wedelt mit der rechten Hand hysterisch den Rauch weg und lässt sein Seitenfenster komplett herunter. Ich weiß, dass er den Geruch abgrundtief hasst. Er als einer dieser radikalen ehemaligen Kettenraucher, die regelrecht allergisch darauf reagieren, wenn jemand in ihrer Nähe raucht.

»Weißt du, jedes Mal, wenn ich jemanden treffe, der unsere Familie noch von früher kennt, bekomme ich zu hören, dass ich dir wie aus dem Gesicht geschnitten wäre. Das perfekte Ebenbild, auch von Größe und Statur her, als du damals in meinem Alter warst. Jedes Mal, wenn ich in den Spiegel schaue, sehe ich deine blöde Fresse und ich bin immer in Versuchung mit voller Wucht reinzuschlagen. Einmal habe ich es tatsächlich getan, davon zeugt die Narbe auf meiner Hand.« Ich halte meine rechte Hand nach oben, damit er sie sich im Rückspiegel betrachten kann. Doch er blickt nicht hinein, seine Augen sind stur auf die Straße gerichtet.

»Was ist los, Papi, hast du deine Zunge verschluckt?«

Er bleibt weiterhin still und das Taxameter ist kurz davor auf die Zwölf zu springen.

»Diese Stille erinnert mich an früher. Immer wenn du von der Arbeit oder einer deiner Sauftouren nach Hause gekommen bist, hat das komplette Haus aufgehört zu atmen. Weil wir nie wussten, in welcher Laune du heute wohl bist.«

Ich ziehe ein letztes Mal an meiner Zigarette und schmeiße sie halb aufgeraucht aus dem Fenster.

Sie schmeckt diesmal so bitter auf meiner Zunge nach. Ein paar Schneeflocken wehen hinein. Und plötzlich muss ich spontan daran denken, wie ich Jahre lang unbemerkt in seinen Morgenkaffee gespuckt habe.

»Kannst du dich noch an diesen einen Tag erinnern? An dem Mama dich am Abend zuvor nicht mehr ins Haus gelassen hat, weil du mal wider absolut besoffen und aggressiv drauf warst. Du standest morgens auf der Matte, ich war dreizehn – das weiß ich noch genau - und allein zuhause. Mama musste arbeiten. Du hast so lange an die Tür geklopft und auf mich eingeredet bis ich dich rein gelassen habe. Du hast gesagt, dass es dir Leid tue und du dich nur mit Mama versöhnen möchtest. Du hättest Blumen für sie als Entschuldigung dabei und mir hättest du auch was Tolles mitgebracht. Du hast gesagt, dass du mich lieb hättest und mit mir Zeit verbringen willst. Du hast so viel

gesagt und ich hab dir geglaubt. Ich hatte dich vermisst und wollte nur, dass alles wieder gut wird. Also habe ich dich rein gelassen, und du hast mich sofort gepackt und mich in meinem Zimmer eingeschlossen. Dann hast du gewartet bis Mama Heim kam.« Mein Blick klebte an diesem Mann, der mir so vertraut und eigentlich doch so fremd war. Ich leckte mir über die Zunge. »Du hast sie verprügelt. So schlimm, wie noch nie zuvor und sie dann vergewaltigt. Und ich konnte dich nicht aufhalten, musste gnadenlos alles mitanhören, du verfluchtes Arschloch. Meine Mutter!« Ich schüttelte erregt den Kopf, sah nach draußen – und dann wieder zu ihm. Ich musste mich beruhigen, sonst würde ich diesen Mistkerl hier und jetzt kurz und klein schlagen. »Diese Schreie werde ich mein Leben lang nicht vergessen.« Ich muss eine Pause einlegen bevor ich weiter rede und starre aus dem Fenster. »Gewalt gegen Frauen ist doch das Letzte. Du bist das Letzte! Das beweist doch nur, dass so Typen wie du keinen Schwanz haben.«
Ich wende meinen Blick wieder auf ihn, das Taxameter steht bei Siebzehn. Gleich ist die Fahrt vorbei. Und er hat kein Wort mit mir gewechselt. Keine Entschuldigung, keine Erklärung, nichts.

»Dass Mama dich ein halbes Jahr später wieder zurückgenommen hat, habe ich nie verstanden. Ich dachte damals: jetzt hat sie komplett den Verstand verloren. Das wollte mir einfach nicht in den Kopf rein. Bis ich irgendwann zu dem Schluss kam, dass ihr wohl eins von diesen verheirateten Paaren seid, die sich im Laufe der Zeit abgrundtief zu hassen gelernt haben, aber nie den Mut aufbringen werden sich scheiden zu lassen, weil sie aus irgendwelchen Gründen nicht ohne den anderen können. Dass sie bis zum Ende ihres Lebens in unvorstellbarem Elend dahin vegetieren. Bis der Tod euch beide endlich scheidet. Zum Glück kam sie nach vier weiteren Jahren des Grauens doch wieder zur Vernunft und hat dich endgültig rausgeschmissen und angezeigt, nachdem du sie ins Krankenhaus mit gebrochenen Knochen befördert hast.«

Er fährt rechts ran. Die Zwanzig leuchtet rot auf, die Fahrt ist vorbei.

»Das macht zwanzig Euro, bitte.« Das Einzige, was er während der gesamten Fahrt und in den letzten achtzehn Jahren zu mir gesagt hat.

Ich bezahle, öffne die Tür und steige aus. Doch bevor ich diese Tür für immer hinter mir schließe, beuge ich mich noch mal hinunter und stecke meinen Kopf in den Wagen für ein paar letzte Worte. »Mama ist übrigens gestern gestorben, falls es dich interessiert. Bis auf das ist bei mir alles soweit in Ordnung, danke der Nachfrage. Ich lebe allein, ich habe keine Kinder und bin nicht verheiratet. Die Frauen, mit denen ich bisher zusammen war, haben es nie lange mit mir ausgehalten. Ich würde sie in den Wahnsinn, zum Rand der Verzweiflung

treiben, wie mir schon so oft vorgeworfen wurde.
Ich sei toxisch! Tja, wie heißt es doch so schön:
Der Apfel fällt nicht weit vom Stamm.
Wie der der Vater so der Sohn!

So bittersüß ...

Nur der bittere, unerträgliche und doch so sü-
ße Schmerz ist es zuletzt, der einen Wahnsinn in
uns verhindert.

Es ist dieser grauenhafte innere Schmerz, der
uns mit jedem "Gefühlslaut" und sogar mit so
vielen Gedanken immer wieder brutal in unsere
Seele schneidet.

Es ist der Schmerz, der fortan unser ständiger
Begleiter ist; bis seine Zeit endet. Der Schmerz,
der gar nicht sein dürfte.

Der Grund, der nach sich selbst sucht; den es geben muss und dennoch nicht zu geben scheint.

Die innere Verzweiflung über die Sinnlosigkeit des Unerklärlichen.

Das Gefühl, die Gedanken - und der Schmerz. Dieser ungekannte, grausame Schmerz, der es zuletzt verhindert, dass uns aus der sich schließlich ausbreitenden Trauer über die verzweifelte Leere, in der einmal das Urvertrauen seinen schönen, guten Platz hatte, der Wahnsinn anspringt und dann für immer verfestigt.

Doch er tut es nicht.

Weil er es nicht kann.

Lebenszeichen!
E-Mails eines Selbstmörders

Mail Nr.1

BETREFF: Rückmeldung unter Vorbehalt

Hallo Fans, Freaks and Geeks, ich bin wieder/
noch da!

Was ich, zugegebenermaßen, etwas unfair finde.
Denn der einsame misanthropische Junkie sollte
sterben und nicht andere. Aber gut, so ist es nun.
Meine Diabetologin findet mich sympathisch, hat
sie heute gesagt. Tja, sie kennt mich eben nicht gut
genug. Mir sei sie ziemlich egal, habe ich ihr
erwidert. Ich solle ihr den Gefallen tun, so etwas
nicht wieder zu machen. Papperlapapp!
Muss doch mir gefallen, nicht ihm!
Nun kriege ich wieder alle meine
Diabetesmedikamente.
Nur Psychopharmaka bekomme ich nach wie vor
nicht, da ich nicht verrückt genug bin. Eigentlich
bin ich sehr normal. Das stellte ich in der Anstalt
fest, das stelle ich immer wieder draußen fest. Und
die Therapeuten stellen dies - zumindest im
klinisch-pathologischen Sinne - ebenfalls fest.
Wenn sie Zeit haben und zuhören.
Dann müssen sie aufgeben und sind traurig. So
dass ich ihnen am liebsten über die Köpfe
streicheln und mit ihnen durch die Blumenwiesen
tanzen möchte, damit alles wieder gut wird.

Dort, wo ich drei Wochen lang zweimal täglich das
Anti-Thrombose-Mittel auf Heparinbasis namens
„Clecsane" in den Bauch gespritzt bekommen habe
(unnötigerweise, wie sich dann endlich
herausgestellt hat), habe ich lauter Knoten unter
der Haut. Was das wohl ist? Ob die wieder
weggehen? Ich jedenfalls wünsche mir, es wären

maligne Metastasen, aber das will natürlich wieder keiner hören.

Meine Rabentante hat mir erfreulicherweise ihr iPad geschenkt. Vielen Dank dafür! Wohl als Wiedergutmachung für das hässlichste Hemd aller Zeiten, das sie mir gekauft und aufgezwungen hatte, als ich mich nicht wehren konnte, weil ich noch so doll Wehweh vom Blasenkatheter hatte. Es gibt Katheter und Katheter.
Hätte ich die Knoten nicht in der Wampe, sondern in den Augen, so wüsste ich, dass es sich dabei nur um den Krebs des schlechten Geschmacks handeln könnte, verursacht durch dieses „Hemd", diesen Belzebub der Herrenoberbekleidung! Ob ich vielleicht etwas übertreibe? - Nein! Und ich habe schon hundert Millionen Mal gesagt, ich übertreibe nie! Dieses Hemd ist definitiv ein Suizidgrund!

Heute war Erik, mein sogenannter bester Freund, in der alten Heimat. Coole Sache.
Wie das harte Typen, wie wir es sind, eben machen, haben wir Frozen Yoghurt mit Cocos Topping aus dem albernen Starbucks-Laden genascht. Danach waren wir auf der Post, wo ich meinen allerersten Auszug meines neuen Girokontos zog, von dem ich für die Chroniker-Befreiung bei der Krankenkasse gleich eine Kopie benötigte. Zum „Glück" gibt es auf der Post ja einen Kundenkopierer, dessen Kopien nur

lächerliche 25 Cent pro Stück veranschlagen. Das Absurde, das wir eigentlich bei diesem schrägen Verein hätten voraussetzen müssen, ist, dass man kein Geld in das Gerät werfen kann. Es druckt einem lieber auf einer DIN A4-Seite eine winzige Rechnung mit Strichcode über sagenhafte 25 Cent aus, für dessen Begleichung Erik & moi (meine Wenigkeit) über eine halbe Stunde in der erhitzten Warteschlange anstehen mussten. Und ich bin nicht Amok gelaufen - weil ICH ja normal bin.

Tja, Leute, wieder das Internet daheim zu haben, bedeutet auch, wieder Pornos daheim zu haben. Also muss ich mich jetzt erstmal wieder für eine Weile ausklinken. Irgendeine Therapie muss ich ja machen ...
Vielen Dank, Tantchen!

Mail Nr.2

BETREFF: Akopalütze

Ich habe überall Schmerzen. Als hätte ich im ganzen Körper Muskelkater - auch in den Partien, die ja gar keine Muskeln haben, wie ich gehört habe.

Ansonsten ist alles wie gehabt. Wie ich es auch erwartet habe. Die Langeweile, die Einsamkeit, das Selbstmitleid - und ich. Die vier apokalyptischen Reiter des Schwachsinns. Akopalütze nau!

In wenigen Stunden gebe ich meinen Antrag auf Kostenerstattung bei der Krankenkasse ab. Unsinnig ist, dass man dafür auch all die Dinge nachweisen muss, von denen die Krankenkasse genau weiß, ob man sie bezahlt hat oder nicht. Und wenn ich dann zudem angebe, dass ich aufgrund eines Schicksalsschlages ALLE meine Unterlagen verloren habe, was ich der Einfachheit halber in solchen Situationen stets zu sagen pflege, bekomme ich bestimmt wieder den Rat, mir doch mal einen Ordner anzulegen. Diese Leute bekommen Geld dafür, dass sie dort sitzen und einem „behilflich" sind. Doch ich bin überzeugt, jene Ergüsse gigantischer Geistesleistung erhält man gratis dazu. Kein gutes Werbegeschenk. Vielleicht bleibe ich auch im Bett.

Christina hat auf meine Mail geantwortet. Als Einzige. Natürlich habe ich auch aus Erfahrung keine Antworten erwartet, doch von ihr verständlicherweise am wenigsten. Na gut.

Mail Nr.3

Kein Betreff.

Bin vor einer Stunde aufgestanden und gehe jetzt wieder ins Bett. Genau das wollen die da oben doch.

Schade, dass ich nicht verrückt genug für die Anstalt bin. Dort ist man ja gut versorgt. Wenn dort bloß nicht so viel gequalmt werden würde. Man kriegt Essen und Trinken. Und Zuwendung durch die Schwestern in Form von Tabletten, Spritzen, Blutabnahmen und ganz geil ans Bett gefesselt werden. Fixierung heißt das im Fachjargon. Und wer analfixiert ist, der wird ans Klo gebunden - hahahahahaha!
Ich bin sehr witzig! Das mag man nicht in der Anstalt.

Auf der Geschlossenen gab es doch tatsächlich eine Schwester namens Kristina.
Die war nett und 33. In Russland werde Kristina immer mit K und ohne H geschrieben, hat sie erzählt. Sie kommt nämlich aus Russland. Sie hat mein Geburtsdatum in meiner Patientenakte nachgeschlagen, was ich sehr merkwürdig finde,

zumal da ja noch ganz andere Dinge über mich drinstehen, nicht wenige davon falsch. Die Schwestern mochten mich zumeist, weil ich mit ihnen schäkern konnte, ohne sie dabei anzuschreien, anzugrabschen, zu schlagen, zu bespucken, mein Ding rauszuholen oder sonst etwas in der Art. Und das ganz ohne Medis! Ich sag ja, ich bin leider nicht verrückt genug.

Ich muss mir noch einen Schraubenschlüssel besorgen. Am besten einen 19er.

Mail Nr.4

BETREFF: Stillnox

Heute hat sich eine lustige Begebenheit ereignet. Ich hab meine Diabetesmedikamente in der Apotheke abgeholt. Auf der Plastiktüte wird Werbung für Stillnox gemacht, jenes Schlafmittel, von dem ich am ersten Weihnachtsfeiertag (was ja genau genommen eigentlich Weihnachten ist und nicht der Vierundzwanzigste) circa 60 Stück genascht habe. Wenn das keine Ironie ist!

Jeder Schritt tut mir weh. Wollte heute ins Kino, hab's dann aber lieber gelassen.

Stattdessen hab ich ein wenig in der Grünanlage auf einer Bank gesessen, wo ich im letzten Sommer schon Äonen belanglosester Zeit verbracht habe, damit die Tage vorüber gehen und man vielleicht wieder ein bisschen weniger fett ist. Es ist noch genau so widerlich wie letztes Jahr, gerade um die Bänke herum. Überall liegen dort Müll, Kippen und Rotze rum. Man mag gar nicht genau hinsehen. So benehmen sich meine 90 Prozent. Sobald man die eigenen vier Wände verlässt, erstickt man im Dreck seiner degenerierten Mitmenschen.

Drei kleine Schlampen meinten, sie müssten unbedingt ihre dämlichen Starbucks-Becher im Brunnen der Grünanlage versenken. Und wieder kein Amokläufer da, wenn man mal einen braucht.

Mail Nr.5

Kein Betreff.

Neulich leitete meine Tante widerwillig eine ihrer so verhassten SMS' an mich mit „Na, altes Haus!" ein. Da muss ich schon sagen, sie scheint mit beinahe 60 Jahren doch der Jugendsprache noch recht zugetan zu sein. Zumindest der

Jugendsprache Anfang der 70er Jahre. Ich will ihr demnächst mit dem juvenilen Idiom von 1870 in die Parade fahren: „Fürwahr, wackere Base, wohl etwas reichlich Opium in der Nase!"

Schmerzen immer noch da. Ich fürchte, doch eine Thrombose im rechten Bein zu haben. Meine Tante macht mir Vorhaltungen. Ich liege meist im Bettchen und starre an die Decke. Ich singe, statt zu weinen, und deeeeeenke. Wäh! Opi sagt, ich solle mich nicht so hängen lassen. Also offenbar im Gegensatz zu dann, wenn ich mich nicht hängen lasse. Habe Tantchen gebeten, mich zu schlachten und bei ihrem Arbeitgeber REWE in die Wurst zu machen. Richtig fette Mettwurst im Keitel geräuchert! Sie behauptet, nicht schlachten zu können. Es will sich halt niemand mehr die Hände schmutzig machen. Und niemand will mich töten!

Ich schreibe für den Äther, dann ist es wieder später.

Habe mir heute 21 Jump Street angeschaut. Darin wird Johnny Depp erschossen.
Das hat Spaß gemacht und war schon lange mal fällig. Ansonsten wird viel von Schwänzen geredet. Das ist halt die heutige Jugendsprache.

Ich habe in letzter Zeit viele Gewaltfantasien, in denen ich mich an jenem

Teil meiner 90 Prozent abarbeite, die ich
bewältigen kann.

Frau Mauer meinte, ich sei in der Gefriertruhe
gestorben.
Frau Mauer ist verrückt und bewohnt in der
Geschlossenen dauerhaft das Zimmer gegenüber
jenem Zimmer, in dem unter anderem ich für vier
Tage untergebracht war.

Müde.

Mail Nr.6

Kein Betreff.

Kein Inhalt.

Mail Nr.7

BETREFF: Meine Eichel singt

Heute gab es zum Frühstück unter anderem
Heringsfilet in Eier-Senf-Creme. Das ist lecker und
macht eine schöne Farbe beim Brechen.

Ich bin verloren, das wissen wir alle. Ich sehe es in
den warmen Blütenträumen eurer Äuglein.
Eure Augäpfel auf meiner Zunge schmecken rund.
Wir müssen das schnell und gut über die Bühne
bringen, ein Ende finden.
Der Hass vernebelt uns den Blick auf das Wahre
und einzig Wichtige: Geld. Meine Eichel spricht zu
mir in verschiedenen, imaginären Sprachen und
singt: Kumba-yeah, my Lord!

Ihr spielt gerne die Unnahbaren, die alles im Griff,
und Fleisch in der Pfanne haben. Vegetarier
kennen das natürlich genau. Hoffnung liegt in
allem, was vergeht. Wohin nur?
Ruf der halben Ente.

Es riecht der Schöne nicht, was untenherum bricht!

Der Tod ist noch da und liebt MICH. Hirte, Hirte,
der dritte und der
vierte!

Bösmülligkeit und Müdelkeit.

Na, was hab ich gesagt?

Mail Nr.8

BETREFF: Gestank

Ich bin Mexikaner. Und Mexikaner, wie wir wissen, müssen tot sein, vor allem an der Grenze zum Gelobten Land. Ach Trump, du verrückter Vogel....

XXXX XXXXXXXXXX XXXXXXX, XXXXXX. XXX!

Vorhin sah ich ein Mädchen ohne Gedächtnis menstruieren. Habe Fotos gemacht. Fürs Internet. Bekommen wir unsere Mensis gemeinsam? Das ist keine Frage.
Mein Gemächt wird gepudert, riecht nach Talkum und GESTANK.

Ich plädiere für eine Gehirntransplantation. Die Indikation ist ausreichend. Das Gewächs muss heraus aus der Qualle! Skalpell ist schnell!

Wir arbeiten hart und produzieren Shitely-däm-shit-däm-shit! Isn't it?

Hallo „Menschen".

Mail Nr.9

BETREFF: Zu Ende?

Ich gucke mir selbst beim Kacken zu. Ein wahrer König auf dem Thron. Schmeiß und Schweiß und Scheiß!

Ich bin fast nackt und damit kommt alles zum Tragen. Mach die Sau doch endlich mal kaputt! Brich sie auf und tu es, tu es! Ach!

Wer möchte nicht die Stille haben? Alles sei still! Doch bin ich überall klebrig und feist. Fass mich an und mach dich geil! Heute ist ein schlechter Tag. Und morgen. Heute ist morgen, morgen ist heute, heute ist heute, morgen ist morgen, und übermorgen? Wann endlich ist der Tag gut und geht zu Ende?

Die Jennifer hält her in der Fantasie. So viel Köpfchen gestreichelt, bis die Haare ausfallen. Kreisrunder Haarausfall der Liebe! Meine Tante hat 105 F obenrum. Nicht schlecht.

AUS!

Kein Sonett

Wenn Dein Herz zu sprechen lernt,
sei mein Hören Dir ein Kuss,
der Deine schöne Seele wärmt,
die, wund, nun heilen muss.
Wo wünschen zu Vertrauen wird,
will ich Dich erleben.
Damit sich alle Scheu verliert,
mein Innerstes Dir geben.
Geduld und Zeit;
Ein Leben, das,
wo sehne ich,
wich Dir befreit;
Verzeih' mir das:
Ich ….. Dich.

An Tagen wie diesen, an denen es mir besonders schwer fällt mich zu entscheiden. Ich liege auf meiner Couch im Wohnzimmer und überlege bereits seit einer Viertelstunde, wie ich mein nächstes Vorhaben am besten und in welcher Reihenfolge in die Tat umsetze. Stehe ich jetzt auf und hole mir aus der Küche eine Tafel Nougat-Schokolade und lege diese dann auf den Wohnzimmertisch und rauche dann am Fenster eine Zigarette? Oder stehe ich jetzt auf, gehe ans Fenster und rauche zuerst eine Zigarette und gehe dann anschließend in die Küche und hole mir eine Tafel Nougat Schokolade und esse sie dann direkt, wenn ich mich wieder auf die Couch gelegt habe?

Das sind grundlegend wichtige Fragen für mich in der Gestaltung meines Alltags.

Pinkeln müsste ich nebenbei auch noch, aber ich weiß beim besten Willen nicht, wie ich das jetzt auch noch unterbringen soll. Zuerst pinkeln, Hände waschen und dann in die Küche und zum Schluss rauchen? Oder erst rauchen, dann pinkeln und dann die Schokolade? Scheiße ich weiß es nicht. Das macht mich fertig.

Ich bin keinesfalls antriebslos, sondern im Moment nur entscheidungsunfähig. Gott, wie ich diese Tage verdamme, sie verfolgen mich ständig.

Besonders ätzend sind sie, wenn man überraschend mal einen Tag frei hat. Wo man mal nicht zur Arbeit, oder anderen täglichen Verpflichtungen nachgehen muss (ich rede jetzt nicht von Sonntagen). Und man freut sich, weil man jetzt endlich mal Zeit hat Dinge zu erledigen, die im alltäglichen Stress liegen geblieben sind. Doch mit was fängst du an? Was erledigst du zuerst, und was dann als nächstes und übernächstes? Was von diesen Dingen lässt du am besten weg, weil es zu viel Zeit in Anspruch nehmen würde, und du so mehr an einem Tag schaffen könntest. Du zermarterst dir das Hirn, wie du diesen Tag am besten managen könntest, bis du irgendwann merkst, dass der Tag schon vorbei ist. Und du beschließt resignierend und komplett frustriert ins Bett zu gehen. Und am nächsten Morgen hast du ein schlechtes Gewissen, weil du nichts erledigt hast. Ich beschließe nicht zu pinkeln, nicht zu rauchen und es gibt auch kein Nougat, stattdessen bleibe ich weiter auf der Couch liegen und schlafe irgendwann ein. Und dann wache ich mal wieder frustriert auf.

DARK PARK

- *A PULP SHORT STORY* -

Ich wurde gewarnt.

»Gehe niemals in den Dark Park um drei Uhr nachts, wenn dort die Strange Hour beginnt! Kein Mensch, der aus Berlin kommt, traut sich dort hin, sie meiden den Park, selbst am Tag.«
Ich hielt es damals natürlich für Quatsch. Für ein Ammenmärchen, um kleine Kinder oder leichtgläubige Touristen zu verarschen. Ich hörte zum ersten Mal vor ein paar Jahren davon, bei meinem zweiten Besuch in Berlin.

Es war mitten in der Nacht, in Friedrichshain, Warschauer Straße.

Ich war auf einem Konzert im Astra Haus und wollte zu meinem Hostel zurück, das ganz in der Nähe war. Auf dem Weg dorthin kaufte ich mir einen Döner, und als ich dort ankam, stand der Nachtportier, wenn man ihn denn so nennen darf, vor der Tür. Ein massiger Typ, der mehr was von einem Türsteher hatte. Südländische Herkunft mit Basecap, Bomberjacke, Jogginghose, mit fetten Ringen an den Fingern, goldene Panzerkette um den Hals, und einer fetten Hornbrille auf der Nase. Er rauchte und hielt Ausschau nach etwas Action, damit seine langweilige Nachtschicht etwas schneller vorbei ging, wie er mir beim Zusammentreffen bei einem Plausch erzählte.

Als ich die letzten Reste meines Döner verspeiste und am Ende nur noch das Papier, in dem er eingepackt war und die benutzte Servierte übrig blieb, suchte ich nach einem Mülleimer. Doch weit und breit keiner zu sehen. Ich fragte den Mann, wo ich fündig werden würde.

»Junge, du bist hier in Berlin, schmeiß auf den Boden, hier gibt es keine Mülltonnen.« Warf er mir an den Kopf, und man hatte den Eindruck, dass er sich durch diese Frage angegriffen fühlte. Doch das war einfach seine Art. Irgendwie immer etwas agro.

»Ich wollte dir den Dreck jetzt nicht direkt vor die Tür schmeißen«, gab ich ihm zu verstehen.

Mit einer lässigen Handbewegung antwortete er: „Lass einfach fallen, wie gesagt: du bist hier in Berlin, hier gibt es keine Mülltonnen.«

»Hä, wieso?«

»Weißt du das nicht? Berlin ist doch bekannt dafür die Stadt ohne Tonnen zu sein.«

»Überhaupt keine?«

»Zumindest keine Öffentlichen. Deswegen sind unsere Straßen auch so dreckig. Ist dir das noch nicht aufgefallen?«

»Ehrlich gesagt, nein. Außerdem ist doch so was in der heutigen Zeit gar nicht denkbar, besonders nicht in der Hauptstadt, irgendwo im letzten Kaff vielleicht. Aber doch nicht hier. Echt keine Tonnen?«

»Na ja, fast. Es gibt ein kleines Waldstück hinter dem Brandenburger Tor. Dort gibt es welche, doch da willst du nicht hin. Besser gesagt: ich rate dir davon eindringlich ab, dort hinzugehen. Niemand geht dort freiwillig hin. Niemand! Es ist noch weitaus schlimmer als der Görli. Noch nicht mal am Tag traut sich dort jemand hin, obwohl es dann ungefährlich ist. Trotzdem machen alle einen großen Bogen darum. Außer vielleicht ein paar ahnungslose Touristen. Ich sag es mal so: nur Leute, die keinen Schimmer von dem Ort haben oder Suizid begehen wollen, wagen sich bei Nacht dort hin.

Wer zwischen drei und vier Uhr dort hingeht, wird danach niemals wieder auftauchen.«

»Von was redest du da zum Geier? «

»Vom Dark Park, mein Junge ... vom DARK PARK! Mann, du hast ja wirklich überhaupt keine Ahnung von Berlin!«
Er erzählte mir, dass dort der einzige Ort in Berlin ist, an dem es öffentliche Mülltonnen gibt.

Doch diese Tonnen sind keine normalen Tonnen, wie man sie aus anderen Städten kennt. Sie sind, wie er glaubt, von Dämonen oder Ähnlichem besessen. Sie würden lebendig werden und auf Menschenjagd gehen. Desweiteren würden sich noch andere grausige Gestalten von unglaublicher Hässlich- und Abartigkeit dort tummeln. Wie Zombie-Waschbären, radioaktive transgender Eichhörnchen, Mamikreisel-Opfer, die überall versuchen das passende Porto drauf zu kleben. Gestörte Kaninchen mit irrem Blick. Hypno-Kröten, oder scharenweise Hipster, allesamt mit Beuteln und Bärten ausgestattet. Ich muss zugeben, da wurde mir kotzübel. Allein der Gedanke an diese gottverfluchten Hipster.

Doch das schlimmste Monster von allen sei so furchtbar, dass er es nicht in Worte fassen könne. Er sagte nur, wenn es mir gegenüber steht, wäre ich für immer im Dark Park gefangen und würde entsetzliche Quallen erleben, schlimmer noch als in der Hölle.

Seiner Meinung nach müsse es sich dort um ein Paralleluniversum handeln, was jede Nacht zwischen drei und vier Uhr, zur sogenannten Strange Hour, in unsere Welt kommt. Im Prinzip wäre nur diese eine Stunde gefährlich, doch an sich wäre es ein unheimlicher Ort, an den man sich auch bei Tage nicht hin traut. Die Luft wäre dick in besagter Stunde, sehr dick sogar und man fühlt sich dort unbehaglich, doch zugleich wäre dort auch eine gewisse Anziehungskraft zu spüren. Wie auf einer Ü30 Party!

Da hat wohl jemand seine Medikamente vergessen, was?, dachte ich mir.

Da er ein sehr redseliger Mensch war, konnte ich diese Geschichte keineswegs ernst nehmen. Es kam mir vor, als hätte dieser Mann als Kind zu viel *Akte X* gesehen und sich daraus eine Typische *Monster of the Week* Folge zurecht gesponnen.

Wie absurd war denn das?

Keiner kam zurück?

Woher wollte man das alles wissen – wenn doch nie jemand zurück kam, um darüber zu berichten?

Und wieso war die Story um den Dark Park dann nicht zumindest national berühmt?

Nein – alles Quatsch!

Allerdings ließ mich diese Geschichte, so absurd sie auch war, nicht mehr los. Und als ich einige Monate später aus beruflichen Gründen nach Berlin für wenige Tage zurückkam, wollte ich herausfinden, was an diesem kleinen Parkstück so fürchterlich war. Und wie man überhaupt auf so eine Story um den Park kam. Irgendwo muss sie ja ihren Ursprung her haben.

Es war Sonntag und ich hatte sonst nichts anderes zu tun. Also suchte ich dieses besagte Fleckchen hinter dem Brandenburger Tor auf. Am Tage.

Was ich in der Tat merkwürdig fand, ist, dass es mir niemals zuvor auffiel, obwohl ich schon dutzende Male am Brandenburger Tor war.

Nun stand ich dort, mitten im so genannten Dark Park, am Tage beim schönsten Sonnenschein. Und ich dachte nur: das soll es sein? Das hier? Das ist nur ein kleines herunterkommendes Parkstückchen. Mit der Bezeichnung *Park* schmeichelt man dem hier sogar noch. Aber immerhin gibt es hier Mülltonnen, zuhauf! Sogar Müllgroßbehälter stehen hier rum. Auch einen Altkleidercontainer konnte ich entdecken.

Von wegen in Berlin gibt es keine Abfalltonnen. Dem Ganzen wollte ich entgegensetzen und schoss einige Selfies mit ihnen und veröffentlichte die Fotos anschließend auf Facebook. Ich machte ein richtiges Fotoalbum daraus und betitelte es mit *Gefunden - Die Tonnen von Berlin*!

Absoluter Quatsch die unzähligen Tonnen in diesen ach so gefährlichen Park zu stellen und in der ganzen Stadt suchte man sich den Ast danach ab.

Ich machte mich mal wieder innerlich über die Story des Mannes lustig, der das doch tatsächlich für Wahres nahm.

Meine Freunde auf Facebook dachten bestimmt, dass ich den Verstand verloren hatte, so waren jedenfalls die meisten Reaktionen darauf - aber auch jede Menge Likes. Eine Reaktion nahm meine ganze Aufmerksamkeit in Anspruch. Jemand, der mir nicht bekannt war, kommentierte: *Echt mutig! Doch nie im Leben wirst du dich zur Strange Hour dort hin trauen ;)*

Oh! Ein Insider, dachte ich mir. Ich war überrascht. Doch bevor ich darauf antwortete, sah ich mir zunächst das Facebook-Profil dieser mir völlig unbekannten Person an. Viel gab es dort nicht so sehen. Weder das fehlende Profilbild noch sonst etwas gab Aufschluss darüber geben, wer sich hinter dem Namen SuperTyp verstecken könnte. Meine Antwort fiel knapp aus: *Wohl.*

Darauf verhöhnte er mich etwas und forderte mich zur einer Challenge heraus. Ich sollte eine kurze Live-Übertragung um drei Uhr nachts von dort aus starten und eine Tonne küssen. Er würde mir danach sofort fünfhundert Euro auf mein PayPal Konto überweisen. Da ich am nächsten Tag frei hatte und auch keine besonderen Pläne, dachte ich mir: wieso nicht, schneller und einfacher kann ich mir ein kleines Taschengeld nicht dazu verdienen. Selbst wenn es nur dummes Gerede ist und ich letzten Endes doch kein Geld dafür bekommen werde - diesen Spaß mach ich mit.

Um mir die Zeit bis dahin zu vertreiben, kehrte ich in Tarntinos Bar, unweit des Rosenthaler Platzes, ein bis es Zeit war mir ein Taxi zu rufen, was mich zum Brandenburger Tor brachte.

Ich war etwas müde und angetrunken und hatte eigentlich schon keinen Bock mehr auf die ganze Geschichte, doch nun, wo ich schon mal hier, wollte ich es auch hinter mich bringen. Also betrat ich den Dark Park. Um fünf vor drei.

Wie unheimlich – nicht!

Hier war gar nichts, nur Dunkelheit. Zum Glück hatten wir Vollmond, dieser spendete mir etwas Licht. Ich machte mich auf die Suche nach einer schönen und vor allem sauberen Tonne, damit ich pünktlich live auf Sendung gehen konnte. Es war Punkt drei Uhr nachts.

Als ich mir meine Traumtonne auserkoren hatte, nahm ich mir mein Smartphone, öffnete die Facebook-App und startete die Live-Übertragung. Mit einer kurzen Ansprache: »Hey, Leute! So - ich befinde mich nun im legendären DARK PARK zur Strange Hour, ich habe die Herausforderung angenommen und werde nun diese hübsche öffentliche Abfalltonne küssen, die mein Herz sofort im Sturm eroberte.« Theatralisch fasste ich mir ans Herz. Mein Blick blieb an besagter Tonne hängen und mir wurde bewusst, dass ich tatsächlich dieses Drecksteil knutschen musste.

Ich kniete mich hinunter, in der linken Hand mein Smartphone. Ich hielt es etwas weiter weg, damit die Kamera alles einfangen konnte und mit meinem rechten Arm umklammerte ich die Tonne und dann tat ich es! Ich küsste diese Tonne.

Es war eigentlich gar nicht so übel, ich hatte es mir wirklich schlimmer vorgestellt, deswegen kam auch kurz meine Zunge zum Einsatz. Als ich jedoch meine Lippen wieder von ihr lösen wollte, ging dies nicht. Ich klebte regelrecht fest, ich verfiel in Panik und lies mein Smartphone fallen. Ich versuchte mich mit beiden Händen und voller Kraft von ihr wegzudrücken. Dann passierte das gleiche mit meinen Händen. Sie klebten sich an der Tonne fest und mit einem Ruck wurde mein Kopf direkt durch das Metall in das Innere der Tonne gezogen. Ich schrie vor Angst: »Hilfe, hilfe! Helft mir! « Und dann spuckte sie mich wieder aus und ich flog mindestens drei Meter weit, in die Mitte des Parks.

Ich prallte hart auf dem Rücken auf und konnte nicht fassen, was gerade passierte.

Ich wollte nur noch eins, weg von hier, so schnell wie möglich!

Ich rappelte mich wieder auf. Währenddessen zog Nebel auf, der so dicht wurde, dass ich kaum noch etwas sehen konnte. Ich stand auf beiden Beinen, wollte rennen, aber wusste nicht wohin, ich hatte komplett die Orientierung verloren. Ich erblickte Silhouetten von Hasenohren im Nebel. Ich war wie erstarrt und dann hoppelten sie direkt auf mich zu.

Die gestörten Kaninchen mit irrem Blick!

Sie bauten sich vor mir auf und fixierten mich. Direkt hinter ihnen tauchten die radioaktiven transgender Eichhörnchen auf.

Das ist doch ein schlechter Scherz, oder? Wo kamen plötzlich diese verdammten Fantasiegestalten her? Die Eichhörnchen schimmerten leicht grünlich im Nebel. Sie standen aufrecht auf Stöckelschuhen, hatten riesige unechte Titten mit einer maskulinen Körperstatur und waren zum Teil fett geschminkt. Dieses Szenario erinnerte mich an einen Gay-Zombie Porno, den ich versehentlich mal gestreamt hatte, eigentlich wollte ich einen mit Werwölfen aber naja.... Ich kam mir vor, wie in einem schlechten Traum, das konnte doch alles nicht wahr sein. Beim Versuch einige Schritte unbemerkt rückwärts zu gehen, wäre ich beinahe auf eine Hypno-Kröte getreten.

Sie fixierte mich mit ihrem hypnotischen Blick und ich vernahm ein lautes Summen dabei. Bevor sie mich komplett in ihren Bann zog, stupste mich ein Hipster an und fragt mich, ob ich kurz seinen Beutel halten kann.

Während ich schreiend weg rannte, rief er mir hinterher: »Magst du mit mir kompostieren?«

Ich rannte so schnell ich konnte. Der Nebel wurde als noch dichter. Angstschweiß klebte auf meiner Stirn, wie der Tau auf den Blättern.

Ich rannte so schnell ich konnte, der Nebel wurde als noch dichter. Angstschweiß klebte auf meiner Stirn, wie der Tau auf den Blättern.

Plötzlich versperrte mir eine Gruppe von Mamikreisel-Opfern den Weg. Wild gewordene Mütter, die es sich zur Religion gemacht haben die alten Klamotten ihrer Kinder zu verticken. Eine von ihnen fiel mich an, klebte mir eine Briefmarke auf die Stirn und schrie »Du bist eine Warensendung«, dabei kicherte sie hysterisch. Ich schlug sie mit meiner Faust zu Boden und trat ihr noch mal in ihre dumme Fresse. Ich rannte weiter. Den Attacken eines Zombie-Bibers versuchte ich zu entkommen und konnte ihm tatsächlich erfolgreich ausweichen. Die Mülltonnen wurden lebendig und verfolgten mich. Ihnen waren scharfe Zähne gewachsen und sie versuchten nach mir zu schnappen, doch ich war schneller. Ich konnte den Ausgang schon sehen, das Brandenburger Tor war zum Greifen nahe.

Ein Müllgroßbehälter rammte mich und ich fiel zu Boden. Er platzierte sich vor mir, seine Klappe sprang auf. Ein helles, grelles Licht strahlte aus ihm heraus und er versprühte Müllfetzen, die auf mich herabregneten. Ich stand wieder auf und es gelang mir an ihm vorbei zu kommen. Auf den letzten Metern zur Freiheit kam ich an dem Alt-kleidercontainer vorbei, der mich mit prallgefüllten blauen Säcken bombardierte. Ich fiel erneut hin und blieb völlig erschöpft liegen. Ich hörte, wie die gefräßigen Tonnen immer näher kamen.

Getrieben vor blanker Panik und einem letzten Rest von Überlebenswillen raffte ich mich wieder auf und schleppte mich zum Ausgang. Direkt auf der Schwelle zur Freiheit stand mitten im Weg eine weitere Tonne. Über ihr beugte sich eine große Gestalt mit dem Rücken zu mir, die darin anscheint etwas suchte. Es war ein Mann mit einer schwarzen Lederjacke, die mit Blinklichtern versehen war.

»Hallo … können Sie mir bitte helfen, bitte …«, flehte ich ihn völlig außer Atem an.

Der Mann erhob sich aus seiner gebeugten Haltung, stand noch immer mit dem Rücken zu mir. Seine blinkende Jacke irritierte mich.

»Hey, ich brauche Hilfe, hören sie mich?«, fauchte ich ihn an.

Darauf drehte er sich zu mir um und mir blieb die Spucke weg, als ich sah wer da vor mir stand. „THE HOFF"!

Der einzig wahre David Hasselhof!

Mit einem halb aufgegessen Cheeseburger in der Hand, den er zuvor in der Tonne gefunden hat, grinste er mich an, nahm einen Bissen von dem Burger und sprach mit vollem Mund zu mir: »Willkommen zu meiner Show!«

Das war es also?

Das unfassbar in Worte zu fassende schreckliche Monster vom Dark Park.

Und es sang mir in Dauerschleife *„Looking for Freedom"*. Für immer und ewig.

Keine Pause und kein entrinnen.

Auf ewig gefangen im DARK PARK.

Der Misanthrop

(Paul is back ...)

Habt ihr euch auch schon irgendwann mal wie eine müde alte Hure gefühlt, der die Gebärmutter gleich raus fällt? Die den Scheiß einfach nicht mehr schlucken kann, der ihr in den Rachen gespritzt wird? Geschweige denn zu gurgeln und so zu tun, als ob es ihr gefallen hat?

Ich träume wirklich jede Nacht davon, dass die Welt in Flammen steht und sämtliches menschliches Leben vom Planeten in einem Rutsch ausgerottet wird. Ich kann mir eure dreckigen, behinderten Fressen (*ihr gottverdammten Spastis*), sowie das restliche Elend dieser Welt nicht mehr reinziehen. Irgendwann ist doch mal gut!

Mein Name ist Paul, vielleicht habt ihr schon mal von mir gehört, irgendein drittklassiger unbekannter Möchtegern-Schriftsteller hat mich damals zur Hauptfigur seines ersten Romans mit dem bescheuerten Titel *Dope69* auserkoren. Ein kleines Misantropisches-Trash-Feuerwerk mit einer Priese

Menschenverachtung gepaart mit schwarzem Humor, sowie keiner Spur Political Correctness. Ist voll für den Arsch! Kauft euch diesen Dreck auf keinen Fall. Der Penner hat damit schon genug Kohle gemacht (Anm. des Autors: Schön wäre es gewesen, ich habe am Ende drauf gelegt!).

In diesem Stück Scheiße der Literatur hat er mich als einen Misanthropen bezeichnet, einen Menschenhasser oder Menschenfeind, jemanden, der die Nähe zu anderen Menschen meidet, weil er sie einfach widerlich findet, aber in meinem Fall noch einen ganz kleinen winzigen Rest von Menschlichkeit in sich trägt. Damit hatte er mich tatsächlich ganz gut getroffen. Obwohl ich Salopp dazu sagen würde, dass mir meine Mitmenschen einfach egal sind. Was mich wiederum zu einem Egozentriker machen würde. Wie es auch sei, was mich wirklich anwidert, ist unsere Gegenwartskultur. Denn wir haben uns in den letzten Jahrzehnten zu etwas entwickelt, was mich regelrecht zu einem Brech-Marathon verleitet.

Ich werde jetzt sicherlich nicht den glorreichen Satz *Früher war alles besser* hervorheben, doch es wurde eine Richtung eingeschlagen die uns schlichtweg eines Tages in den Abgrund führen wird. Was mir persönlich nur recht sein kann, aber es nervt einfach kolossal.

Ich passe kein Stück mehr in diese schöne neue Welt rein und möchte das auch nicht. Ich kann einfach dieser neuen Selbstdarstellungskultur, in der wir nur noch bewundert werden wollen und immer ignoranter werden, nicht das Geringste abgewinnen. Ich bin kein Veganer, auch wenn einiges davon recht lecker ist. Ich rauche und trinke Alkohol und habe gerne Sex (Fuck Off: *Straight Edge)*.

Ich gebe einen Scheiß auf moderne Kindererziehung von übervorsichtigen Helikoptereltern, die jeden Schritt ihrer Kinder überwachen und sie zu handlungsunfähigen, konfliktscheuen, suizidgefährdeten Opfern heranziehen. Ich finde diesen unsagbar nervenden Körperkult zum Kotzen. Ich halte nichts von den so genannten Gutmenschen, geschweige denn von diesen *Das wird man ja noch sagen dürfen* - Affen. Ich bin weder ein Rechts-Extremes- noch ein Links-Extremes-Arschloch. Und gehöre auch nicht dieser widerlichen Mitte (auch CDU genannt) an, die sich, wie sie es gerade braucht, den Linken oder Rechten anbiedert.

Ich hasse euch einfach alle!

Um es mit den Worten von *Slipknot* zu sagen:

Fuck it all!

Fuck this world!

Fuck everything that you stand for!

Don't belong!

Don't exist!

(Don't) give a shit!

Don't ever judge me!

Ich würde am liebsten meine eigene Partei gründen!

Nämlich die ISSUIHEWIAESS!EHSDDHRG! – Ihr seid Scheiße und ich hasse euch, weil ihr alle einfach Scheiße seid! Euch haben sie doch das Hirn raus genommen! Den Namen auszusprechen müsste der ein oder andere eventuell erst üben, aber wenn der mal drin ist, bleibt er im Kopf und wird unvergesslich und allein deshalb populär und erfolgreich.

Generell frage ich mich, ob alle so langsam ihren Verstand verlieren. Es kommt mir so vor, als ob die Bekloppten nicht mehr in der Klapse sind, sondern draußen frei herum laufen.

Mal ernsthaft: Was ist nur aus unserer Welt geworden?

Eine Welt in der alle Gin saufen, und auf Greta, Merkel oder dem Deutschen Fußball rumhacken. So etwas wie Leistungsgesellschaft gibt es schon lange nicht mehr. Heutzutage bekommt jeder einen Preis für irgendeinen Scheiß – reimt sich nur rein zufällig. Selbst wenn es nur dafür ist, dass man einfach scheiße ist.

Es würde es uns allen so gut tun, wenn wenigstens jeder von uns, für Vierundzwanzig Stunden, einfach mal die Schnauze halten würde!

Doch überall wo man hinschaut gibt es nur noch „Reich gegen Arm", „Klimamörder", „Ökofaschisten", „Veganhysteriker", „Wurstfetischisten", „Grünterroristen", „Hubraumfanatiker", „SUV-Hasser", „SUV-Fahrer", „Religionsfanatiker", „Kritikunfähige", „Hipster", „Mami-Kreisel-Opfer", „Nationalstolzfetischisten", „Hater und Trolle", „Influencer" und eine recht gängige Gattung: die einfachen „Vollidioten".

Und jedes verfickte Wort, das jemand von sich gibt, wird mittlerweile auf die Goldwaage gelegt.Die Political Correctness (oder nicht sehen wollen, was zu sehen ist) hat unsere Gesellschaft fest im Griff. An sich ist die politische Korrektheit ja nicht falsches und wichtig für ein Respektvolles miteinander, ohne Ausgrenzungen. Nur sind wir mittlerweile an einem Punkt angelangt, wo sie zur absoluten Trend Erscheinung verkommen ist und maßlos übertrieben wird. Was davon zeugt, dass die Menschheit immer dünnhäutiger wird. Der linksliberale Mainstream gibt den Ton an und schickt die Sprachpolizei los, um Gedankenverbrecher zu jagen.

Etwas, das vor Jahrzehnten begann und noch bejubelt wurde und nicht als beleidigend, anstößig oder sonst wie in Verbindung mit negativen Eigenschaften gebracht wurde, wird jetzt von selbsternannten Sprachaufsehern und Gender-Aktivisten und Aktivistinnen als politisch inkorrekt erklärt. Die Meinungsfreiheit wird auf Dinge reduziert, die dem Mainstream genehm sind und weder als kontrovers noch beleidigend aufgefasst werden könnten. Eine verfickte *"habt euch alle lieb"*- Gesellschaft mit einer Schneeflockenmentalität in der Kritik unerwünscht ist, egal wie leise sie auch sein mag. Die Überzeugungen des neuen Mainstreams sind unangreifbar. Diskussionen und anders Denkende sind nicht mehr erwünscht. Der Narzissmus wird salonfähig.

Dadurch wurde ein Opferkult losgetreten, in dem sich jeder aus bescheuerten Gründen zu einem einzigartigen Opfer zählt. Sei es aus einer schlimmen Erfahrung der Vergangenheit: man ist zum Beispiel als Kind aufs Knie gefallen und niemand war da, um auf den Kratzer zu pusten und einen in den Arm zu nehmen. Oder aus der Gegenwart: man wurde beispielsweise als Mann bezeichnet, was rein biologisch auch stimmt, doch man empfindet diese Zuordnung als gesellschaftliche Herabsetzung. Es wird eine Übersensibilisierung ausgelebt, die der Satire gleicht, obwohl Satire schon nicht mehr zutreffend ist, denn auch diese wird neuerdings zensiert.

Worte werden regelrecht tot geschwiegen und verboten. Dabei vergessen wohl alle, nur weil man etwas totschweigt, wird es dadurch doch nicht besser! Und genau das spielt den Rechtspopulisten in die Hände, denn wenn etwas verboten ist, wird es automatisch reizvoll. Das Verbotene war schon immer sexy! **(Wer findet die Hölle nicht Cooler als den Himmel?!)** Dies sorgt dafür, dass sogar eine Partei wie die AFD sexy wird, obwohl sie so eine Kampflesbe *(hier nenne ich jetzt mal mit Absicht keinen Namen, ihr wisst alle wen ich meine)* direkt an der Front haben [Anm. des Autors: An dieser Stelle möchte ich mich bei allen Lesben dieser Welt entschuldigen. Ich finde euch alle fantastisch und mag euch total! Aber die Alte geht ja wohl mal überhaupt nicht. Sie ist eine Schande für alle Lesben!]. Die AFD, PEGIDA, NPD und andere rechtsradikale Organisationen ziehen im Namen der Meinungsfreiheit in den Kampf, obwohl gerade sie selbst schon immer diejenigen waren, die die Meinungsfreiheit bekämpft haben. Es gibt nur eine Meinung, die richtig ist - und zwar ihre eigene (Höcke… Hoppla, ich meine… Hitler lässt grüßen …). Da unserer Bevölkerung leider zum größten Teil immer noch aus Vollspacken besteht, haben es die Rechten zurück aufs Parkett geschafft.

Währenddessen ersaufen Menschen auf dem offenen Meer, nur weil sie aus einem fremden Land stammen und keine Erlaubnis besitzen in ein anderes Land einzutreten. Überall auf der Welt massakrieren sich die Leute gegenseitig, was wir aber gekonnt ignorieren, solange wir ihnen dazu die benötigen Waffen verkaufen können. Wir tolerieren multinationale Konzerne, die ganze Kontinente ausbeuten und die letzten Ressourcen des Planeten aufbrauchen. Hungernde Menschen, die noch nicht mal von ihrer Arbeit leben können, verrecken erbärmlich, damit wir arroganten Arschlöcher unseren Lebensstandard halten können. Von dem Elend, das die Tiere dieser Welt durch Menschenhand erlitten haben und noch immer erleiden müssen, fangen wir erst gar nicht an.

Vollidioten, die sich und andere wegen ihrer erlogenen Religion in den Tod reißen.

Unsere *Ich-Ich-Ich-Welt* ist im Arsch und wir stehen am Abgrund, ab hier geht es nicht mehr weiter. Wir sind selbst dafür verantwortlich. Vielleicht versteht ihr nun meine Einstellung ein wenig besser – oder eben nicht. Mir egal.

Ich küsse eure Augen!

MEMO.

KARMA IS A BITCH
IT´S TIME
FOR PAYBACK

MOTHERFUCKERS

<u>Vielen Dank, Grüsse, Respekt, Blumen,</u>
<u>leckeres Konfekt und überhaupt diesmal an:</u>

Karoline Breitkreutz

Helena Spindler

Michael Meissner

Frank Bongartz

Anna Haase

Julie Key

<u>Außerdem:</u>

Gregor Gräber (…und Sylke)

Anna & Ksenia

Michael Vogt

Carlos, Stefan & Sandro

Harald Jakob

Ingo Löffler

Sabrina Falkenau

Gewidmet:

Lydia Schornstheimer

(1945 – 2017)

&

Oliver Köhler

(1984 – 2018)

YOROBOROS

Instagram: yoro.boros | Facebook: Yoroboros Art
E-mail: karoline.breitkreutz@gmail.com

Die **PARTEI MAINZ**

Die Entwicklung eines Buchcovers

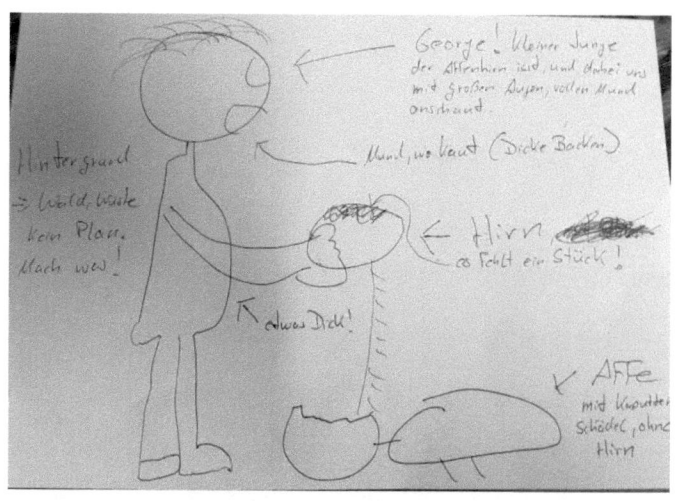

Entwurf des Autors

Skizze von YOROBOROS

Finales Coverbild von YOROBOROS